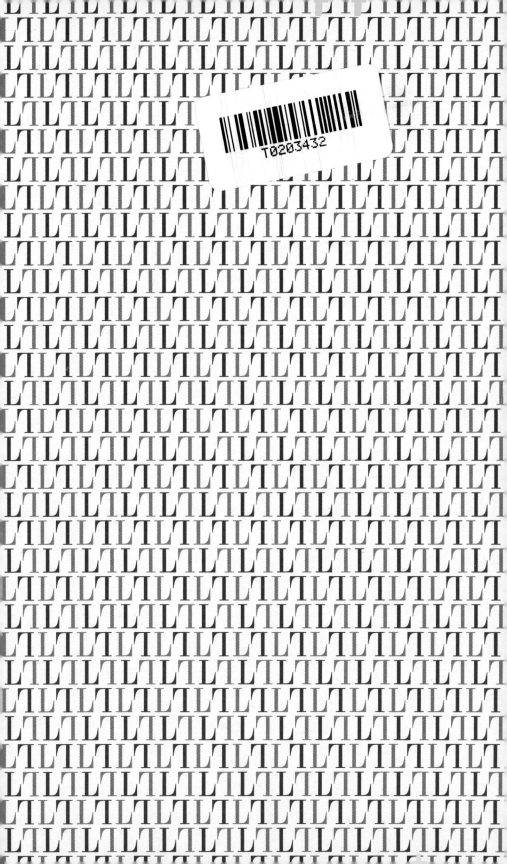

Ladydi

Ladydi

Jennifer Clement

Lumen

narrativa

Ladydi

Título original: *Prayers for the Stolen*

Primera edición en España: mayo, 2014
Primera edición en México: julio, 2014
Primera reimpresión: octubre, 2014
Segunda reimpresión: agosto, 2021
Tercera reimpresión: noviembre, 2021

D. R. © 2014, Jennifer Clement

D. R. © 2021, derechos de edición mundiales en lengua castellana:
Penguin Random House Grupo Editorial, S. A. de C. V.
Blvd. Miguel de Cervantes Saavedra núm. 301, 1er piso,
colonia Granada, alcaldía Miguel Hidalgo, C. P. 11520,
Ciudad de México

penguinlibros.com

D. R. © 2014, Juan Elías Tovar, por la traducción
Revisión de la traducción: Guillermo Arreola

ISBN: 978-607-312-282-5

Para Richard y Sylvia

Primera parte

1

Ahorita te ponemos fea, dijo mi madre. Estaba silbando. Tenía la boca tan cerca de mí que me salpicaba el cuello con su sonora saliva. Olía a cerveza. En el espejo la vi pasarme un pedazo de carbón por la cara. Qué vida tan repugnante, susurró.

Ése es mi primer recuerdo. Me puso un espejo viejo y cuarteado frente a la cara. Yo tendría unos cinco años. La cuarteadura hacía que mi cara se viera como si me la hubieran partido en dos pedazos. En México lo mejor que te puede pasar es ser una niña fea.

Me llamo Ladydi García Martínez y tengo la piel morena, los ojos cafés y el pelo chino y castaño; mi apariencia es igual a la de toda la gente que conozco. De chica, mi madre me vestía de niño y me decía Niño.

Les dije a todos que nació un niño, decía.

Si era niña, me raptarían. Todo lo que necesitaban los narcotraficantes era saber que por acá había una niña bonita, y se dejaban venir a nuestras tierras en sus Escalade negras y se la llevaban.

Yo veía por la televisión a muchachas que se iban poniendo bonitas, se peinaban el cabello y lo trenzaban con moños rosas, o las veía usar maquillaje, pero en mi casa eso nunca ocurrió.

A lo mejor necesito romperte los dientes, decía mi madre.

Conforme fui creciendo, me pasaba un marcador amarillo o negro sobre el esmalte blanco para que los dientes se me vieran podridos.

No hay nada más asqueroso que una boca puerca, decía mi madre.

Fue a la mamá de Paula a quien se le ocurrió cavar los hoyos. Vivía enfrente de nosotras y tenía su casita propia y un campo de papayos.

Mi madre decía que el estado de Guerrero se estaba convirtiendo en una guarida de conejos llena de jovencitas escondidas por todos lados.

En cuanto alguien oía el ruido de una camioneta acercándose, o veía un punto negro a lo lejos o dos o tres puntos negros, todas las muchachas corrían hacia los hoyos.

Esto era en el estado de Guerrero. Una tierra caliente de árboles del hule, serpientes, iguanas y alacranes, de los alacranes güeros transparentes que eran difíciles de ver, y que matan. No teníamos la menor duda de que en Guerrero había más arañas que en ningún otro lugar en el mundo, y hormigas. Hormigas rojas que nos hinchaban los brazos y nos los dejaban parecidos a una pierna.

Aquí estamos orgullosos de ser la gente más mala y enojona del mundo, decía mi madre.

Cuando nací, mi madre les anunció a los vecinos y a la gente del mercado que había nacido un niño.

¡Gracias a Dios, fue niño!, dijo.

Sí, gracias a Dios y a la Virgen María, respondieron todos, pero nadie se la creyó. En nuestra montaña nacían puros niños, y algunos se volvían niñas al rondar los once años; luego tenían que volverse niñas feas que a veces tenían que esconderse en hoyos en la tierra.

Éramos como los conejos que se esconden cuando un perro hambriento anda suelto en el campo, un perro que no puede cerrar la boca, y su lengua saborea ya el pelaje de sus presas. Un conejo golpetea con su pata trasera y la señal de peligro viaja por el suelo y alerta a todos en la madriguera. En nuestra comunidad, una advertencia era imposible, pues vivíamos desperdigadas y muy lejos unas de otras. Aunque siempre estábamos atentas y tratábamos de aprender a oír cosas muy distantes. Mi madre bajaba la cabeza, cerraba los ojos y se concentraba en oír un motor o el alboroto que hacían los pájaros y los animales pequeños cuando se acercaba un vehículo.

Nunca nadie había vuelto. Ninguna de las muchachas robadas había regresado jamás ni había enviado siquiera una carta, decía mi madre; ni siquiera una carta. Ninguna de las muchachas; sólo Paula, que regresó un año después de haber sido secuestrada.

Por su madre supimos, una y otra vez, cómo se la habían robado. Luego un día, Paula regresó caminando a su casa. Traía siete aretes que le subían por la curva de la oreja izquierda en una ordenada hilera de perlas de plástico color azul, amarillo y verde, y un tatuaje que le serpenteaba alrededor de la muñeca con las palabras «La morra del caníbal».

Paula bajó caminando por la carretera y luego subió por el camino de terracería hasta su casa. Caminaba lentamente y con la mirada gacha, como si viniera siguiendo una línea de piedritas hasta su casa.

No, dijo mi madre. No se iba guiando por las piedras, lo que hizo esa muchacha fue oler el camino hacia su madre.

Paula entró a su dormitorio y se acostó en su cama, que aún tenía encima algunos animales de peluche. Nunca habló de lo que le había ocurrido. Lo que supimos fue que su mamá la alimentó con un biberón, un biberón de leche, que se la sentó en las piernas y le dio un biberón de bebé. Paula tenía entonces quince años, pues yo tenía catorce. Su mamá también le compró papillas Gerber y se las daba de comer en la boca con una cucharita blanca de plástico del café que compró en la tienda OXXO de la gasolinera que había al otro lado de la carretera.

¿Viste eso? ¿Viste el tatuaje de Paula?, dijo mi madre.

Sí. ¿Por qué?

Sabes qué significa, ¿verdad? Que les pertenece. Jesús, hijo de María e hijo de Dios; que los ángeles del cielo nos protejan a todas.

No, yo no sabía qué significaba. Mi madre no me lo quiso decir pero después me enteré. Me pregunté cómo era posible que se robaran a alguien de una casucha en una montaña y que un narcotraficante, con la cabeza rapada, una ametralladora en la mano y una granada en el bolsillo, la acabara vendiendo como un paquete de carne molida.

Estuve pendiente para ver a Paula. Quería hablar con ella. Ahora nunca salía de su casa pero siempre habíamos sido las mejores amigas, junto con María y Estéfani. Quería hacerla reír y recordarle cuando íbamos a la iglesia los domingos vestidas de niños y que yo me llamaba Niño y ella se llamaba Paulo. Quería recordarle de cuando nos poníamos a ver las revistas de telenovelas porque a ella le encantaba la preciosa ropa que usaban las estrellas de la televisión. También quise saber qué había pasado.

Lo que todo el mundo sabía era que Paula siempre había sido la muchacha más bonita por esos rumbos de Guerrero. La gente decía que era incluso más bonita que las muchachas de Acapulco, lo cual era un gran cumplido, ya que cualquier cosa que fuera sofisticada o especial nos tenía que llegar de Acapulco. Así que, la gente sabía.

La madre de Paula le ponía vestidos rellenos de trapos para que se viera gorda pero era de todos sabido que, a menos de una hora del puerto de Acapulco, una muchacha que vivía en un terrenito con su mamá y tres gallinas era más hermosa que Jennifer Lopez. Cuestión de tiempo: aunque la mamá de Paula fue quien tuvo la idea de esconder a las niñas en hoyos en la tierra, y todas lo hicimos, no pudo salvar a su propia hija.

Un año antes de que se robaran a Paula, había habido una advertencia.

Era muy de mañana cuando ocurrió. Concha, la madre de Paula, les estaba dando tortillas viejas a sus tres gallinas cuando oyó el ruido de un automóvil camino abajo. Paula seguía en su cama, bien dormida. Estaba acostada, con la cara limpia y el pelo recogido en una larga trenza negra que, durante el sueño, se le había enredado en el cuello.

Traía puesta una camiseta vieja. Le llegaba abajo de las rodillas, era de algodón blanco y decía «Wonder Bread» al frente, con letras azul marino. También traía puestos unos calzones color rosa, de los que mi madre siempre decía que eran peor que andar encuerada.

Paula estaba profundamente dormida cuando el narco irrumpió en la casa.

Concha contó que les estaba dando de comer a las gallinas, esas tres gallinas buenas para nada que nunca pusieron un huevo en toda su vida, cuando vio el BMW color marrón avanzando por el estrecho camino de terracería. Por un momento creyó que era un toro o algún animal que se había escapado del zoológico de Acapulco, pues no se esperaba ver un vehículo de color claro acercándose a ella.

Cuando pensaba en que iban a venir los narcos, siempre se imaginaba las camionetas todoterreno, negras y con vidrios polarizados, que se suponía era ilegal traerlos así, pero que todo el mundo modificaba para que los policías no pudieran ver hacia el interior de los vehículos. Aquellas Escalade negras de la Cadillac, de cuatro puertas con vidrios entintados, llenas de narcos y ametralladoras, eran como el caballo de Troya, o eso decía mi madre.

¿Cómo sabía de Troya mi madre? ¿Cómo sabía de Troya una mujer mexicana que vivía sola con su hija en el campo en Guerrero, a menos de una hora de Acapulco en coche y a cuatro horas en mula? Era sencillo: lo único que mi papá le compró cuando volvió de Estados Unidos fue una pequeña antena parabólica. Mi madre era adicta a los documentales históricos y al programa de Oprah Winfrey. En mi casa había un altar a Oprah, al lado del de la Virgen de Guadalupe. Mi madre no le decía Oprah. Es un nombre que nunca entendió. Le decía Ópera. Y no paraba, que si Ópera esto y Ópera lo otro.

Además de los documentales y de Oprah, debimos haber visto *La novicia rebelde* por lo menos cien veces. Mi madre siempre estaba pendiente de cuándo la iban a programar en alguno de los canales de películas.

Cada vez que Concha nos contaba lo que le había sucedido a Paula, cambiaba su relato. Así que nunca supimos la verdad.

El narcotraficante que irrumpió en su casa un año antes de que se robaran a Paula, fue sólo para darle el visto bueno. Fue para ver si los rumores eran ciertos. Lo eran.

Cuando se la robaron fue distinto.

En nuestra montaña no había hombres. Era como vivir donde no había árboles.

Es como ser manco, decía mi madre. No, no, no, se corregía. Estar en un lugar sin hombres es como dormir sin sueños.

Nuestros hombres cruzaban el río a Estados Unidos. Sumergían los pies y vadeaban con el agua a la cintura pero cuando llegaban al otro lado ya iban muertos. En ese río se despojaban de mujeres e hijos, y entraban caminando al enorme cementerio de Estados Unidos. Ella tenía razón. Mandaban dinero; regresaban una o dos veces, y ya. Así que en nuestra tierra éramos un montón de mujeres solas trabajando y tratando de salir adelante. Los únicos hombres que había por los alrededores andaban en camionetas o en motos y aparecían de la nada con un AK-47 al hombro, una «grapa» de cocaína en los pantalones de mezclilla y una cajetilla de Marlboro rojo en el bolsillo de la camisa. Usaban lentes oscuros Ray-Ban, y debíamos tener cuidado de nunca mirarlos a los ojos, de nunca ver las pequeñas pupilas negras que eran el camino de entrada al interior de sus mentes.

Una vez oímos en las noticias que secuestraron a treinta y cinco campesinos, que estaban cosechando sus milpas cuando llegaron unos hombres en tres camiones y los levantaron a todos. Los secuestradores los encañonaron y les dijeron que se subieran. Los campesinos iban de pie y apretujados en los camiones, como ganado. Regresaron a sus casas después de dos o tres semanas. Les advirtieron que si hablaban de lo que había ocurrido, los iban a matar. Todo el mundo sabía que los secuestraron para cosechar un plantío de mariguana.

Si no hablabas de algo entonces no había sucedido. Pero seguro que alguien iba a escribir un corrido. Todo lo que supuestamente no se debe saber, eso de lo que no se debe hablar, tarde o temprano acaba en un corrido.

Algún pendejo va a escribir un corrido de los campesinos que secuestraron y lo van a matar, dijo mi madre.

Los fines de semana mi madre y yo íbamos a Acapulco, donde ella trabajaba de sirvienta para una familia rica que vivía en la Ciudad de México. La familia visitaba el centro turístico un par de fines de semana al mes. Por años, viajaron en coche, pero luego se compraron un helicóptero. Tomó varios meses construir el helipuerto en su propiedad. Primero hubo que rellenar la alberca con tierra y cubrirla, y luego hacer la alberca nueva a unos metros de distancia. Luego reubicaron las canchas de tenis para que el helipuerto quedara lo más lejos posible de la casa.

Mi padre también había trabajado en Acapulco. Era barman en un hotel antes de irse a Estados Unidos. Regresó a México en varias ocasiones a vernos pero luego ya nunca. Mi madre supo que era la última vez cuando llegó esa última vez.

Es la última vez, dijo.

¿Qué quieres decir, mamá?

Míralo bien a la cara; bébetelo hasta la última gota porque nunca vas a volver a ver a tu papito. Te lo aseguro. Te lo aseguro.

Le gustaba usar esas palabras.

Cuando le pregunté cómo sabía que ya no iba a volver, me dijo: tú nomás espérate, Ladydi, tú nomás espérate y verás que tengo razón.

Pero ¿cómo sabes?, le volví a preguntar.

A ver si tú sola te das cuenta, respondió.

Era una prueba. A mi madre le gustaba poner pruebas, y descubrir por qué mi papá no iba a volver era una prueba.

Empecé a observarlo. Me fijé en su manera de hacer las cosas en nuestra casita y nuestro jardín. Lo seguía como si fuera un extraño que pudiera robarme algo si me descuidaba.

Una noche supe que mi madre tenía razón. Hacía tanto calor que hasta la luna estaba calentando nuestro pedazo de planeta. Salí de la casa a acompañar a mi padre, que se estaba fumando un cigarro.

Dios santo, éste ha de ser uno de los lugares más calientes de la tierra, dijo soltando el humo del tabaco por la boca y la nariz al mismo tiempo.

Me abrazó y tenía la piel más caliente que yo. Podíamos calcinarnos el uno al otro.

Y entonces lo dijo.

Tú y tu mamá son demasiado buenas para mí. No las merezco.

Pasé la prueba con un diez.

Hijo de la chingada, dijo mi madre una y otra vez, durante años. Nunca volvió a decir su nombre. Se convirtió en Hijo de la Chingada para siempre.

Como mucha gente en nuestra montaña, mi madre creía en maleficios.

Que un viento apague la vela de su corazón. Que una termita gigante le crezca en el ombligo, o una hormiga en la oreja, dijo. Que un gusano le coma el pito.

Luego mi padre dejó de mandarnos la remesa mensual desde Estados Unidos. Supongo que también éramos demasiado buenas para su dinero.

Claro que la supercarretera de los chismes de Estados Unidos a México era la ruta del rumor más poderosa del mundo. Si no te enterabas de la verdad, te enterabas del chisme y el chisme siempre era mucho, mucho mejor que la verdad.

Yo prefiero el chisme, decía mi madre.

El chisme que pasó de un restaurante mexicano en Nueva York a un matadero en Nebraska, a un restaurante Wendy's en Ohio, a un campo de naranjos en Florida, a un hotel en San Diego, y luego cruzó el canal y resucitó en un bar en Tijuana, siguió a un plantío de mariguana a las afueras de Morelia, a una lancha de fondo de vidrio en Acapulco, a una cantina en Chilpancingo y subió por nuestro camino de tierra hasta la sombra de nuestro naranjo, era que mi padre tenía otra familia «del otro lado».

«De este lado» estaba nuestra historia, pero también la historia de todas las demás.

De este lado vivíamos solas en nuestra casucha, rodeadas de todos los objetos que mi madre llevaba años robando. Teníamos docenas de bolígrafos y lápices, saleros y anteojos, y teníamos una bolsa de basura de las grandes llena de paquetitos de azúcar que se había robado de restaurantes. Mi madre nunca salía de un baño sin llevarse el rollo de papel higiénico escondido en la bolsa. Ella no lo llamaba robar, pero mi padre sí. Cuando todavía estaba con nosotras y se peleaban, él decía que vivía con una ladrona. Mi madre creía que sólo tomaba las cosas prestadas pero yo sabía que nunca devolvía nada. Sus amigas ya sabían que tenían que esconderlo todo. Sin importar a donde fuéramos, al regresar a casa siempre salían cosas de sus bolsillos, de entre sus pechos y hasta de su cabello. Tenía un truco para meter cosas en su rizada melena. Yo la había visto sacarse de ahí cucharitas para el café y carretes de hilo. Una vez traía un chocolate Snickers que se robó de casa de Estéfani. Se lo había metido debajo de la cola de caballo. Le robaba hasta a su propia hija. Dejé de pensar que algo podría pertenecerme.

Cuando mi padre se fue, mi madre, que nunca supo quedarse callada, dijo: ¡ese Hijo de la Chingada! Aquí perdemos a nuestros hombres, nos contagian el sida de sus putas gringas, se roban a nuestras hijas, nuestros hijos se van, pero amo esta tierra más que a mi propio aliento.

Luego dijo la palabra México muy despacio, y otra vez, México. Era como si estuviera lamiendo la palabra en un plato.

Desde que yo era chica mi madre me enseñó a rezar por algo. Siempre lo hacíamos. Yo había rezado pidiendo nubes y pijamas. Había rezado pidiendo bombillas y abejas.

Nunca pidas salud y amor, decía mi madre. Ni dinero. Si Dios oye lo que de veras quieres, no te lo va a dar. Te lo aseguro.

Cuando mi padre se fue, mi madre dijo: híncate y reza por unas cucharas.

2

Estudié sólo la primaria. La mayor parte de ese tiempo fui niño. Nuestra escuela era un cuartito, colina abajo. Había años que no llegaban maestros porque les daba miedo venir a esta parte del país. Mi madre decía que cualquier maestro que quisiera venir para acá tenía que ser narcotraficante o pendejo.

Nadie confiaba en nadie.

Mi madre decía que toda la gente era del narco, incluyendo a la policía, por supuesto; al presidente municipal, seguro, y hasta el pinche presidente de la república.

Mi madre no necesitaba que le hicieran preguntas, se las hacía ella misma.

¿Que cómo sé que el presidente es parte del narco?, preguntaba. Porque deja entrar todas las armas de Estados Unidos. A ver, ¿por qué no pone al ejército en la frontera para frenar las armas, eh? Y además, ¿qué es peor: tener en la mano una planta, una planta de mariguana, una amapola o un arma? Las plantas las hizo Dios, pero las armas las hizo el hombre.

Mis amigas de la escuela eran las amigas que tuve siempre. Éramos sólo nueve en primer año. Mis mejores amigas eran Paula, Estéfani y María. Todas íbamos a la escuela con el pelo corto y ropa de niño. Todas, menos María.

María nació con labio leporino, así que sus papás no se preocupaban de que se la fueran a robar.

Cuando mi madre hablaba de María, decía: el conejo de labio leporino bajó de la luna a nuestra montaña.

María también era la única de nosotras que tenía un hermano. Se llamaba Miguel pero le decíamos Mike. Era cuatro años mayor que María y todo mundo lo consentía porque era el único varón en nuestra montaña.

Paula, como todas decíamos, se parecía a Jennifer Lopez, pero más hermosa.

Estéfani tenía la piel más oscura del mundo. En el estado de Guerrero todos somos muy morenos, pero ella era como un pedazo de noche o como una rara iguana negra. Además era alta y flaca y, como en Guerrero nadie es alto, sobresalía como el árbol más grande del bosque. Veía cosas que yo nunca podía ver; incluso cosas que estaban lejos, como los automóviles que iban por la carretera. Una vez vio una viborita de rayas negras y rojas y blancas enroscada en un árbol. Resultó ser una coralillo. Son las serpientes que se quieren tomar la leche de pecho de las madres cuando éstas duermen.

Si creces en Guerrero aprendes que todo lo que es rojo es peligroso, así supimos que esa serpiente era mala. Estéfani dijo que la víbora la miró directo a los ojos. Nos lo contó sólo a Paula, a María y a mí (sus tres mejores amigas) porque sabía que eso significaba que ella estaba maldita. Y lo estaba, desde luego, tan maldita como si la serpiente hubiera sido una malvada hada madrina con su varita mágica y le hubiera dicho que todos sus sueños nunca se harían realidad.

Por nacer María con labio leporino todos se impresionaron

mucho. Su madre, Luz, mantenía a su hija dentro de la casa y su padre salió por la puerta y nunca más volvió.

A mi madre le gustaba decirle a todos lo que debían hacer. Era muy entrometida. Por eso fue a casa de María, para ver de cerca a la bebé. Me sé esta historia sólo porque mi madre me la contó muchas veces. Vio a la pequeña María en los brazos de Luz, cubierta por un velo de gasa blanca. Levantó la tela y miró a la bebé.

Nació al revés, como un suéter con lo de adentro para fuera. Nomás hay que voltearla al derecho, dijo mi madre. La voy a ir a registrar a la clínica.

Mi madre se dio la vuelta y bajó caminando la montaña y tomó un autobús a la clínica en Chilpancingo y registró el nacimiento de María. Esto era para que en la clínica más cercana supieran qué niños de la zona rural necesitaban de intervenciones quirúrgicas. Cada tantos años, venían unos doctores de la Ciudad de México y hacían las cirugías gratis, pero los pacientes tenían que estar registrados de nacimiento.

Pasaron ocho años para que viniera un grupo de doctores a Chilpancingo. Un convoy de soldados los escoltaba para protegerlos de los violentos enfrentamientos entre los narcos. Claro, para entonces ya todas nos habíamos acostumbrado a la cara de María. Y por eso algunas de sus amigas no querían que se operara. Queríamos que fuera feliz y normal, pero su cara volteada al revés nos hacía temer a los dioses, nos hacía conscientes de castigos terribles, nos hacía pensar que algo malo había pasado en el mágico círculo de nuestra gente. Se había vuelto mítica como una sequía o una inundación. A María la usaban como ejemplo de la ira de Dios. ¿Podría un médico curar esa ira?, nos preguntábamos. María vivía en su mito y hasta empezó a verse como si estuviera hecha de piedra.

Creíamos que María era poderosa. Mi madre nunca creyó que tuviera poder alguno.

María anda buscándose problemas y los va a encontrar, decía.

Estéfani, Paula y yo sentíamos que a María lo peor ya le había ocurrido y por eso no le tenía miedo a nada, como a la serpiente que Estéfani vio en el árbol. Fue María quien agarró un palo largo y se puso a picotearla hasta que cayó al suelo. Estéfani, Paula y yo gritamos y nos echamos para atrás, pero María se agachó, recogió a la serpiente y la sostuvo entre el pulgar y el índice.

Miró a la serpiente y le dijo: ¿tú crees que tienes la cara fea?, ¡pues mírame a mí!

Déjala, déjala, dijo Paula. ¡Te va a picar!

Imbécil, eso quiero, dijo María, y arrojó la serpiente al suelo.

Le decía imbécil a todo el mundo. Era su palabra favorita.

Un día, cuando yo tenía siete años, María y yo íbamos caminando solas de la escuela a la casa. Siempre salíamos todas juntas de clase y bajábamos a la carretera donde nos esperaban nuestras madres y de ahí cada quien se iba para su casa. Esta vez, no me acuerdo por qué, María y yo íbamos solas. El año escolar ya casi terminaba y estábamos tristes porque el maestro que había venido de la Ciudad de México por un año ya se iba a ir, y un nuevo pasante llegaría en septiembre. En el campo la gente dependía de los pasantes de la ciudad. Los maestros de escuela, trabajadores sociales, doctores y enfermeras: todos pasantes. Venían a hacer su servicio social como parte de su formación. Después de un tiempo aprendimos a no encariñarnos demasiado con estas personas que, como decía mi madre, van y vienen como charlatanes de feria sin nada más que vender que las palabras «tienes que».

No me gusta la gente que viene de lejos, decía. No saben ni quiénes somos para andarnos diciendo tienes que hacer esto y tienes que hacer lo otro y tienes que hacer eso y tienes que hacer aquello. ¿A poco yo voy a la ciudad a decirles que allí apesta y a preguntarles: hey, dónde está el pasto y desde cuándo el cielo es amarillo? Todo es como el pinche Imperio romano.

No entendí a qué se refería, pero sabía que había estado viendo un documental sobre la historia de Roma.

Aquella vez que iba sola con María fue en el mes de julio. Me acuerdo del calor y de la tristeza por perder al maestro. Estaba muy húmedo y el cuerpo se me desguanzaba al caminar. Tan húmedo que las arañas podían tejer sus telas en el aire y teníamos que caminar quitándonos de la cara las telarañas de largos hilos sueltos, esperando que ninguna araña se nos hubiera metido en el pelo o en la blusa. Era la clase de humedad que hacía que las iguanas y las lagartijas dormitaran con los ojos a media asta y que los insectos se durmieran. También era la clase de calor que lanzaba a los perros callejeros a la carretera en busca de agua, y sus cadáveres ensangrentados se convertían en señalizaciones en el negro asfalto desde nuestra montaña hasta llegar a Acapulco.

Hacía tanto calor que en un tramo María y yo nos sentamos en unas rocas, después de cerciorarnos que no hubiera alacranes ni serpientes, para descansar un minuto.

Ningún muchacho me va a querer nunca y eso es así. No me importa, dijo. No quiero que nadie se meta con mi cara. Mi mamá dijo que ningún muchacho iba a querer besarme.

Traté de imaginarme el beso, unos labios contra sus labios desgarrados, una lengua dentro de su boca desgarrada. Le pregunté si eso quería decir que nunca iba a tener hijos y dijo que su madre le había dicho que nunca se iba a casar ni a tener hijos porque ningún hombre iba a quererla jamás.

No quiero que me quieran, dijo María, ¿y a quién le importa?

María, yo tampoco quiero que me quieran. ¿Quién va a querer eso? Lo de los besos suena asqueroso.

Volteó y me miró ferozmente y pensé que me iba a escupir o a pegarme pero, en ese momento, se prendó de mí.

María me miró ferozmente porque aquí todos somos feroces. De hecho, en todo México es sabido que la gente del estado de Guerrero es muy brava y tan peligrosa como un alacrán blanco, transparente, escondido en la cama debajo de la almohada.

En Guerrero el calor, las iguanas, las arañas y los alacranes mandan. La vida no vale nada.

Mi madre lo decía a cada rato: la vida no vale nada. También aludía al viejo y famoso corrido como si fuera un rezo: si me han de matar mañana que me maten de una vez.

Esto se traducía en toda clase de versiones nuevas de lo mismo. Una vez la oí decirle a mi padre: si me vas a dejar mañana, déjame de una vez.

Yo sabía que él no iba a regresar. Y más le valió porque entonces ella de veras lo hubiera hecho. Le hubiera preparado un guisado de uñas, escupitajos y pelos. Lo hubiera mezclado con su sangre menstrual y chiles verdes y pollo. Me dio la receta. No por escrito en un papel, pero una vez me dijo cómo se hacía.

Siempre cocina tú, dijo. Nunca dejes que te preparen la comida.

El guisado de uñas, escupitajos, sangre menstrual y pelos hubiera sabido delicioso. Era buena cocinera. Más valió que él no regresara. Ella siempre tenía su machete bien afilado.

Mi madre decía que creía en la venganza. Era una amenaza sobre mi cabeza, pero también una lección. Yo sabía que no me iba a perdonar nada, pero también me enseñó a no perdonar. Decía que por eso ya no iba a la iglesia, aunque tenía sus santos que quería mucho, pero no le gustaba todo eso de andar perdonando. Yo sabía que gran parte del día se le iba en pensar lo que le haría a mi padre si algún día regresaba.

Yo veía a mi madre cortar la hierba crecida con su machete, o matar a una iguana aplastándole la cabeza con una gran piedra, rasparle las espinas a una penca de nopal o matar a una gallina retorciéndole el pescuezo con las manos, y era como si todos los objetos que la rodeaban fueran el cuerpo de mi padre. Cuando cortaba un tomate yo sabía que lo que estaba rebanando en finas rodajas era el corazón de él.

Una vez se recargó en la puerta, pegó su cuerpo a la madera, y hasta esa puerta se convirtió en la espalda de mi padre. Las sillas eran su regazo. Las cucharas y tenedores, sus manos.

Un día María vino corriendo a mi casa. Nuestras casas estaban a sólo veinte minutos yendo a pie, por un terreno repleto de árboles del hule y palmeras bajas donde grandes iguanas pardas y verdes se tiraban al sol encima de rocas planas. Podían girar rápidamente y morder, sobre todo si eras una niña de ocho años que pasaba corriendo y brincoteando con sus chancletas de plástico rojas. Venía sola, siendo la única niña que lo tenía permitido por lo de su labio leporino. Todas sabíamos que nadie la iba a querer, ni regalada. La gente retrocedía de inmediato al verla. Cuando la vi a mi puerta, supe que algo importante había pasado.

¡Ladydi!, gritó. ¡Ladydi!

Mi madre había ido al mercado a Chilpancingo. A esa edad nuestras madres aún nos dejaban quedarnos solas en la casa si prometíamos no irnos de vagas. En cuanto apareció en nuestro pecho el primer indicio de abultamiento, aquello se acabó. A partir de ese instante, si teníamos que salir, se tomaban medidas para que no nos viéramos bonitas.

María caminó hacia mí con los brazos bien abiertos y me abrazó. Era raro verla así porque siempre se estaba cubriendo la boca con una mano. María se movía con la mano izquierda tapándole media cara, acombada sobre su boca como para que no se le saliera un secreto o como si fuera a escupir algo.

¿Qué pasa?

Se detuvo, sin aire y jadeando un poco. Se sentó junto a mí en el piso donde yo estaba recortando imágenes de una revista para pegarlas en un cuaderno. Era uno de mis pasatiempos favoritos.

¡Van a venir los doctores!

No tuve que preguntarle nada. Después de ocho años de espera, los famosos doctores, los importantes y caros doctores de un hospital de la Ciudad de México, iban a Chilpancingo a operar gratis a niños con deformidades. María me explicó que la enfermera de la clínica se había presentado en su casa una hora después de que ella regresara de la escuela. Le sacó una muestra de sangre y le tomó la presión para asegurarse de que estuviera lista para la cirugía. Tenían que estar en la clínica el sábado a las seis de la mañana.

¡Faltan dos días! No me aguanto las ganas de contarle a Paula.

Me dio por pensar que María podría creer que después de la operación iba a quedar tan hermosa como Paula. Pero hasta cuando me ponía a recortar revistas viejas, llenas de caras de estrellas de cine y modelos famosas, sabía que ninguna podía competir con ella. Aunque su madre la traía con el pelo corto y hasta le frotaba chile en polvo en la piel para que la tuviera permanentemente roja e irritada, la belleza de Paula igual se traslucía.

El sábado en la mañana mi madre y yo bajamos a la clínica a acompañar a la madre de María. Estéfani y su mamá también bajaron desde su casa.

Asimismo estaba Mike, el hermano de María. Me di cuenta de que tenía tiempo sin verlo. Se la pasaba en Acapulco. A sus doce años, yo lo veía grande. Traía unas tiras de cuero, como brazaletes, en las muñecas, que yo nunca había visto, y andaba rapado.

Había tres camiones del ejército estacionados afuera de la clínica y doce soldados vigilando. Todos con pasamontañas en la cara. Además traían lentes de aviador sobre los huecos de los ojos. El sudor les relucía en la nuca. Los soldados llevaban las ametralladoras en ristre, mientras rodeaban la pequeña clínica rural.

En uno de los camiones alguien había puesto un letrero que decía: «Doctores operando niños».

Estas medidas se tomaban para que los narcos no fueran a venir a secuestrar a los doctores y llevárselos. Los secuestraban por dos motivos. Ya fuera para que operaran a uno de los suyos, por lo regular de heridas de bala, o bien para pedir rescate por ellos. Sabíamos que los doctores no venían a nuestra montaña si no tenían protección.

Tratamos de pasar a la clínica pero los soldados no nos dejaron entrar, así que tuvimos que esperar en el salón de belleza de Ruth, que estaba en la esquina. Sabíamos que sólo operarían a otro niño, un pequeño de dos años que había nacido con un pulgar de más. Durante dos años aquel dedo había sido un importante tema de conversación. Todos tenían algo que opinar.

Lo cierto es que conocíamos la causa de las deformidades en nuestra montaña. Todo el mundo sabía que los tóxicos que rociaban para acabar con las cosechas de mariguana y amapola estaban dañando a la gente.

En un arranque de ira, el día antes de las cirugías, mi madre dijo: María debería quedarse como está, y ya. Y, pensando en el niño ese del pulgar, ¡pues ya mejor que le corten la mano! A ver si así se queda por aquí cuando crezca.

Paradas afuera del salón de belleza oímos un ruido lejano que era como una estampida de ganado o un avión volando demasiado cerca del suelo. Tardamos un segundo en reconocer que se trataba de un convoy de camionetas.

Los soldados que cuidaban la clínica se movieron rápidamente y se guarecieron detrás de sus camiones.

Nos metimos corriendo al salón y nos fuimos hasta el fondo, lo más lejos que pudimos de las ventanas. Yo me tiré debajo de un lavabo.

Luego el mundo se quedó callado y quieto. Parecía que hasta los perros, los pájaros y los insectos dejaban de respirar.

Nadie dijo chist, silencio, chist.

Esperábamos que empezaran a volar los tiros.

Cada pared, ventana y puerta de la calle principal, que también era la carretera que pasaba por el pueblo, estaba llena de agujeros. En nuestro mundo cacarizo nadie se molestaba en resanar los balazos ni pintar las paredes.

Doce camionetas negras pasaron a gran velocidad, muy rápido, como si fueran jugando carreras. Traían los vidrios polarizados y las luces prendidas aunque era de día.

Pudimos sentir el zumbido de la velocidad y el suelo tembló a nuestro alrededor. Los enormes vehículos dejaron a su paso una estela de polvo y humo de escape y agitaron nuestras mentes con un único pensamiento: no se detengan aquí.

Cuando la última camioneta había pasado hubo un momento de silencio, para poner atención, antes de que Ruth dijera: okey, ya se fueron. Entonces, ¿quién se quiere arreglar el pelo?

Sonrió y dijo que nos iba a arreglar las uñas gratis a todas en lo que esperábamos noticias de la intervención quirúrgica.

Ruth era una bebé de la basura. Su nacimiento debió de ser un terrible error. ¿Por qué habría alguien de echar a su bebé al basurero como una cáscara de plátano o un huevo podrido?

¿Qué pinche diferencia hay entre matar a tu bebé y tirarlo a la basura, eh?, dijo una vez mi madre.

Me pregunté si sería una prueba.

Hay una gran diferencia, dijo mi madre, respondiendo su propia pregunta. Por lo menos matar puede ser compasivo.

Ruth era una de las bebés de la basura de la señora Silberstein, una mujer judía de Los Ángeles que se había mudado a Acapulco hacía cincuenta años. Cuando oyó rumores de que aparecían bebés abandonados en el basurero, corrió la voz entre todos los pepenadores de Acapulco para avisarles que ella estaba dispuesta a hacerse cargo de los nenes. En los últimos treinta años había criado a por lo menos cuarenta niños. Una de estos bebés era Ruth.

Ruth nació de una bolsa de basura negra de plástico llena de pañales sucios, cáscaras de naranja podridas, tres cascos de cerveza, una lata de Coca-Cola, un perico muerto envuelto en periódicos. Alguien en el basurero oyó un llanto que salía de la bolsa.

Ruth nos pintó las uñas y nos dio de comer papas fritas en la boca para que el esmalte pudiera secar sin embarrarse. Ella me había cortado el pelo en muchas ocasiones, pero ésta era la primera vez que alguien me pintaba las uñas. Era el primer acto en mi vida que me definía como niña.

Ruth sostuvo mi mano suavemente en la suya mientras pintaba con esmalte rojo cada una de mis uñas ovaladas, infantiles. Cuando me pintó el pulgar, pensé en el niño al que, a sólo una cuadra, le estaban quitando uno de los suyos.

Ruth me sopló en las manos para secar el barniz.

Sóplales tú también, dijo, para que se sequen, y no toques nada.

Luego giró en su silla y tomó la mano de mi madre.

¿De qué color, Rita?

Del más rojo que tengas.

Mis manos me parecieron milagrosamente hermosas. Las alcé hasta mi cara en el espejo.

Qué mundo, dijo mi madre. Qué vida tan repugnante.

Por la ventana, a través del vidrio estrellado a balazos, pudimos ver a los soldados enmascarados que protegían la clínica. Se estaban sacudiendo el polvo de los uniformes. Las camionetas habían dejado una pequeña polvareda. Me imaginé lo que habría cruzando la puerta de la clínica y tuve una visión de María acostada en una sábana blanca, bajo un potente foco, rodeada de doctores y con la cara partida en dos.

Detrás de mí, la voz de mi madre se hizo oír de nuevo.

A veces pienso que yo también voy a sembrar amapolas. Todo

el mundo lo hace, ¿no? Si igual nos vamos a morir pues ya morirme rica.

¡Ay, Rita!

Ruth hablaba suave y lentamente, y cuando decía Rita sonaba Riiitaaa. Me dio gusto oír que alguien le hablara a mi madre con tanta dulzura. La voz de Ruth era capaz de tranquilizar y sanar.

¿Tú qué piensas?, preguntó mi madre.

Las voces en el salón de belleza se callaron. Todas queríamos oír la respuesta de Ruth. Todo el mundo sabía que por estos rumbos no había nadie más listo y capaz que ella. Además era judía. La señora Silberstein había criado a todos sus huérfanos como judíos.

Imagínate, le dijo Ruth. Imagínate lo que es para mí. Yo abrí este salón de belleza hace quince años, ¿y cómo le puse? La Ilusión. Le puse así porque era mi ilusión, mi sueño, hacer algo. Quería ponerlas bonitas a todas ustedes y rodearme de dulces aromas.

Al ser una bebé de la basura, Ruth nunca pudo sacarse de la cabeza el olor a naranjas podridas, el olor al vaso de jugo mañanero de alguien más.

En vez de ponerlas bonitas, ¿qué pasó?, preguntó Ruth.

Todas bajaron la cara y contemplaron en silencio sus uñas pintadas.

¿Qué pasó?

Nadie respondió.

Tengo que hacer que las niñas parezcan niños, que las muchachas más grandes se vean sosas, y que las bonitas se vean feas. Este es un salón de fealdad, no de belleza, dijo Ruth.

Nadie sabía qué responder, ni siquiera la bocona de mi madre.

La mamá de María se asomó por la ventana del salón. Ya acabaron, dijo tras el vidrio estrellado. María quiere ver a Ladydi, dijo, señalándome con el dedo.

¡Tú no vas a ningún lado hasta que te quites ese esmalte de uñas!, dijo mi madre.

Ruth me jaló hacia ella, me sentó en su regazo, y me quitó el barniz de uñas. Los vapores de la acetona me llenaron la boca y me dejaron un sabor a limón en la lengua.

En la pequeña clínica de dos cuartos, el recibidor se había transformado en quirófano. Una enfermera y dos doctores estaban guardando cosas en maletines mientras que María estaba acostada en un catre bajo una ventana. Desde un atado de vendas de gasa blanca, sus ojos asomaban como dos piedritas negras. Me miró con tal intensidad que supe exactamente lo que estaba pensando. La conocía de toda la vida.

Sus ojos decían: ¿dónde está el niño? ¿Le quitaron el pulgar? ¿Está bien? ¿Qué hicieron con el pulgar?

Cuando formulé las preguntas de María, la enfermera respondió que el niño se había ido hacía una hora. Le habían quitado el pulgar.

¿Qué le hicieron al pulgar?

Lo vamos a incinerar, respondió la enfermera.

¿A quemar?

Sí, a quemar.

¿Dónde?

Ah, pues aquí lo tenemos en hielo. Nos lo vamos a llevar a la Ciudad de México y lo vamos a quemar allá.

Cuando regresé al salón de belleza ya todas se habían quitado el barniz de uñas. Quedaba claro que ninguna se iba a arriesgar a salir a nuestro mundo donde los hombres piensan que te pueden raptar sólo porque traes las uñas pintadas de rojo.

Camino a casa mi madre me preguntó qué tal se veía María. Le dije que no la pude ver por las vendas pero que la enfermera dijo que la operación había salido bien.

No te creas, dijo mi madre. Le va a quedar cicatriz.

Cruzamos con cuidado la autopista que conectaba la Ciudad de México con Acapulco y subimos por el camino hacia nuestra pequeña choza, a la que le daba sombra un enorme platanar.

Una iguana grande salió de la maleza y cruzó nuestro camino. El movimiento nos hizo voltear para abajo y vimos una larga fila de hormigas de color rojo brillante que marchaban por la izquierda de la vereda. Nos detuvimos y miramos alrededor. Del otro lado del camino había otro río de hormigas que iba en la misma dirección.

Hay algo muerto, dijo mi madre.

Levantó la vista. Había cinco zopilotes volando en círculos arriba de nosotras. Los pájaros daban vueltas y vueltas, planeaban acercándose a la tierra y volvían a remontar. Traían en sus alas el olor de la muerte.

Los pájaros seguían planeando sobre nosotras cuando llegamos a la casa.

Al entrar, mi madre caminó a la cocina y se sacó cuatro frasquitos de esmalte de uñas de la manga. Puso un frasco rojo y tres rosados en la mesa de la cocina.

¿Le robaste barniz de uñas a Ruth?

No sé de qué me sorprendía. Siempre que íbamos a donde fuera, mi madre se robaba algo. Pero no podía creer que le robara a Ruth.

Cállate y haz tu tarea, dijo mi madre.

No tengo tarea.

Entonces nomás cállate, dijo mi madre. Vete a lavar las manos para que te las vuelvas a ensuciar.

Mi madre se acercó a la ventana y volteó a ver el cielo.

Es un perro, dijo. Son muchos los pinches zopilotes para que sea un ratón muerto.

3

Vivíamos de lo que mi madre ganaba como sirvienta. Todos los viernes en la tarde saliendo de la escuela mi madre y yo bajábamos a la carretera y esperábamos el autobús que nos llevaba una hora de camino hasta el puerto. No había con quién dejarme en la casa. Adondequiera que ella fuera, yo también tenía que ir.

Antes de que la familia Reyes llegara de la Ciudad de México, mi madre tenía que trapear la casa, tender las camas y echar insecticida por todos lados para matar hormigas, arañas y sobre todo alacranes.

Cuando yo era pequeña, me dejaba encargarme del insecticida, que venía en aerosol. Mientras mi madre limpiaba, yo rociaba con insecticida los rincones, debajo de las camas, dentro de los closets y alrededor de los lavabos en los baños. Me quedaba un sabor raro en la boca que duraba días, como si hubiera chupado un pedazo de alambre de cobre.

Teníamos un cuarto de servicio detrás del garaje. Mi madre acostumbraba amarrarme a la cama con una cuerda. Lo hacía para poder hacer su trabajo sin preocuparse de que me fuera a salir y caer a la alberca. Me dejaba amarrada a la cama durante horas con una rebanada de pan blanco, un vaso de leche, y algunos crayones y papel.

A veces me traía libros de la casa para que los viera. Eran libros de arquitectura, de las mansiones más grandes del mundo, o libros de museos.

Por supuesto que mi madre también le robaba a la familia Reyes. De vuelta a casa los domingos en la noche, yo veía lo que se había llevado. Mientras el autobús se abalanzaba sobre el asfalto ardiente hacia la tierra de insectos rojos y mujeres, ella iba sacando las cosas lentamente de los bolsillos y las examinaba.

En la oscuridad del autobús yo veía salir de su blusa unas pincitas para sacarse las cejas y tres velas rojas aparecer de su manga.

Una noche, cuando las luces de los coches que venían en sentido opuesto iluminaron el interior del autobús, mi madre me pasó una bolsita de huevos de chocolate.

Ten, éstos los robé para ti, dijo.

Me los comí mientras miraba por la ventana del autobús hacia la densa jungla que bordeaba la orilla de la carretera.

Después de que a María la operaron de su labio leporino, todo cambió. De no haber sido por ella, quizá no hubiéramos notado los zopilotes revoloteando sobre nuestra casa al volver de la clínica.

Voy a investigar qué se murió, dijo mi madre, apartándose de la ventana desde donde había estado viendo el cielo.

Tú quédate aquí, dijo.

Esperé como una hora escuchando música en mi iPod, que también le había robado a la familia Reyes, hasta que regresó.

Se veía preocupada y se había estado jalando el cabello del lado izquierdo de la cabeza. Lo traía todo parado en una gran maraña rizada. Me quité los audífonos, y el sonido de Daddy Yankee, de las orejas.

Ladydi, escucha, dijo. Hay un muerto allá afuera y lo tenemos que enterrar.

¿Qué quieres decir?

Hay un pinche cadáver allá afuera.

¿Quién es?

Está desnudo.

¿Desnudo?

Vas a tener que cerrar los ojos y ayudarme a enterrarlo. Ve y trae el cucharón y quítate esa ropa, yo voy atrás por la pala.

Me levanté y me quité la ropa limpia que me había puesto para ir a la clínica en la mañana, y me puse unos pantalones de mezclilla viejos y una camiseta.

Mi madre regresó con la pala que normalmente usábamos para desenterrar hormigueros.

Okey, dijo. Sígueme.

La seguí. Conté cinco zopilotes planeando encima de nosotras. Mi madre emitía un sonido ahogado, como jadeando, al caminar. Llegamos en pocos minutos a donde estaba el cadáver.

Está demasiado cerca de la casa, dije.

Desgraciadamente muy cerca de la casa. Tienes razón.

Sí.

Aquí lo tiraron.

¿Quién es?

¿Se te hace conocido?

No.

En esta tierra una puede salir a caminar y encontrarse una iguana enorme, un papayo con docenas de frutas grandes, un hormiguero gigante, plantas de mariguana, amapolas, o un cadáver.

Era el cuerpo de un muchacho. Parecía como de dieciséis años. Estaba tendido boca arriba, mirando al sol.

Pobrecito, dijo mi madre.

El sol le va a quemar la cara.

Sí.

Le habían cercenado las manos y venas blancas y azules salían en forma de hilos de sus muñecas ensangrentadas a la tierra, como gusanos hinchados.

Tenía la letra P grabada en la frente.

Traía una nota prendida a su pecho con un alfiler grande de broche rosa. Era un alfiler de los que se usan para los pañales.

¿Esa nota dice lo que creo?, preguntó mi madre mientras empezaba a cavar. ¿Dice: «Paula y dos niñas»?

Sí, eso dice.

¡Tú, ven para acá! Ponte a escarbar. Hay que apurarnos.

Mientras los zopilotes daban vueltas encima de nosotras, cavamos con la pala, el cucharón y las manos.

Más profundo, más profundo, decía mi madre. Hay que escarbar más profundo, o los animales lo van a desenterrar en la noche.

Cavamos por más de dos horas y de la tierra salieron gusanos transparentes, escarabajos verdes y piedras rosas.

Mi madre removía la tierra y cada tanto volteaba para atrás, presa del pánico. Siento unos ojos encima de nosotras, murmuró.

¿No hubiera sido mejor dejar que la selva se encargara del cuerpo, y ya?, pregunté. Pero al momento de decirlo supe la respuesta.

La policía y los narcotraficantes no perdían de vista a los zopilotes. Mi madre decía que los pájaros eran los mejores informantes que había. No quería que nadie viniera por aquí a fisgonear y viera a su hija.

Cuando el hoyo estuvo lo suficientemente profundo jalamos el cuerpo, lo echamos adentro y lo cubrimos de tierra.

Me miré las manos. La tierra debajo de las uñas se me había metido muy profundo y no iba a salir por mucho que me lavara. Tardaría semanas.

Cuando acabamos mi madre dijo: nunca pensé que hubieras nacido para enterrar conmigo a un muchacho muerto. Eso no estaba en las predicciones de mi vida.

Una vez, cuando mi madre andaba por los veinte años, fue a Acapulco y le pagó a una adivina para que le dijera lo que le iba a pasar en la vida. Era una adivina que tenía un pequeño local que rentaba entre dos bares en la principal avenida de Acapulco. Mi madre me contó que le había llamado la atención el letrero de la mujer, que decía: «Sólo es desafortunado quien no conoce su fortuna».

Mi madre veía que turistas de todo el mundo pagaban por oír lo que esta mujer tenía que decirles. Sabía que tenía que ir, pero tardó años en armarse de valor para entrar y pagar para que le dijeran su suerte.

Yo no era más que una india del cerro, contaba mi madre. Pero esa mujer besó mi dinero y me susurró: el dinero no tiene país ni raza. En cuanto está en mi bolsillo ya no sé ni quién me lo dio.

Mi madre siempre sacaba a cuento esta experiencia. La adivina no había adivinado nada. Todo lo que le pasaba a mi madre siempre era rematado por las palabras: esto no se predijo. Al paso de los años la desilusión se ahondó cuando mi madre se dio cuenta de que nada de lo que le había dicho la mujer se había cumplido.

Óyeme bien, Ladydi, decía mi madre. Uno de estos fines de semana cuando estemos en Acapulco vamos a ir a buscar a esa adivina y le voy a decir que me devuelva mi dinero.

Cuando el último montón de tierra fue arrojado sobre el cuerpo del muchacho muerto, mi madre dijo: hay que rezar.

Reza tú, le respondí.

De rodillas, dijo mi madre. Esto es cosa seria.

Nos hincamos encima de los gusanos blancos, los escarabajos y las piedras rosas.

En el venturoso día en que le arreglaron la boca a María y le quitaron el pulgar de más al bebé, apareció este muchacho. Rezamos para que llueva. Amén.

Luego nos pusimos de pie y caminamos de regreso a la casa.

Mientras nos lavábamos las manos en el fregadero, mi madre dijo: sí, Ladydi, le voy a contar a la mamá de Paula. Lo tengo que hacer. Necesita saberlo.

Mi madre se quedó junto al fregadero. Se sacó del bolsillo la nota que traía el cadáver y le prendió un cerillo. El nombre de Paula se hizo ceniza.

Paula nunca conoció a su padre. ¡Pensar que en alguna parte había un hombre que no sabía que había engendrado a la muchacha más hermosa de México!

La mamá de Paula, Concha, nunca le dijo a nadie quién era el papá de su hija pero mi madre tenía su propia teoría. Concha era recamarera en casa de una familia rica en Acapulco.

El día que la corrieron del trabajo, Concha regresó a la montaña con dos cosas: un bebé en la panza y un fajo de billetes en la mano.

No hay nada peor que una hija sin padre, decía mi madre. El mundo se come vivas a esas niñas.

Después de asearnos, mi madre y yo fuimos a casa de Paula, que estaba a una caminata corta por la orilla de la carretera.

Yo me senté con Paula mientras mi madre le contaba a Concha del cadáver. A sus once años, Paula seguía siendo flaca y larguirucha, pero su belleza era evidente. Todos se volteaban a verla adondequiera que fuera. Todo el mundo veía lo que estaba por venir.

Una vez terminada la visita, mi madre y yo caminamos rumbo a la autopista y a la tienda que se quedaba abierta hasta tarde junto a la gasolinera. Compró seis cervezas. Ése fue el día en que dejó de comer y ya sólo bebió cerveza.

¿Qué dijo la mamá de Paula?, pregunté.

No mucho.

¿Le dio miedo?

Se muere de miedo. En la mañana va a estar muerta.

¿Qué quieres decir?

No sé. Esas palabras se me salieron.

A la mañana siguiente mi madre seguía dormida cuando me fui a la escuela. Miré su cara. Allí no encontré espejo.

4

Nunca le contamos a nadie del campo de amapolas.

Encontramos un cultivo de amapolas, un año antes de que operaran del labio leporino a María. Me acuerdo porque ella se tapó la boca aquel día en que dijo: me dan miedo las flores.

Un día, Estéfani, Paula, María y yo decidimos ir a caminar, lo cual significaba portarse mal, pues nunca nos dejaban irnos por ahí a caminar solas. Salimos de casa de Estéfani un sábado en la tarde.

La familia de Estéfani tenía una casa de las de a de veras. Con tres recámaras, cocina y sala. Estéfani vivía con su madre, Augusta, y sus dos hermanitas, Manuela y Dolores. En nuestra montaña, el papá de Estéfani era el único que regresaba a México cada año de Estados Unidos. También les mandaba dinero cada mes. Gracias a él teníamos luz eléctrica en nuestra montaña, pues le había pagado mucho dinero a alguien para que la pusiera. El señor trabajaba de jardinero en Florida. Asimismo sabíamos que una vez había trabajado en Alaska en los barcos pesqueros. En Florida, casi siempre lo contrataban gringos, pero igual trabajaba para mexicanos ricos que habían huido de la violencia. Decía que muchos de estos mexicanos habían sido víctimas de secuestro.

Estéfani poseía muchos juguetes de Estados Unidos. Tenía un reloj de hada que se encendía en la oscuridad y una muñeca de plástico que hablaba y hasta se le movían los labios.

En la cocina había un horno de microondas, un tostador y un exprimidor eléctricos. La casa completa contaba con luces de techo. Cada quien tenía su cepillo de dientes eléctrico.

La casa de Estéfani era uno de los temas de conversación favoritos de mi madre. Yo ya sabía que cuando se empinaba su tercera cerveza, sólo hablaría de la casa de Estéfani o de mi papá.

Sus pinches sábanas hacen juego con las colchas y las toallas hacen juego con el tapete redondo del piso. ¿Has visto que sus platos hacen juego con las servilletas?, decía. ¡En Estados Unidos todo tiene que combinar!

Había que reconocer que tenía razón. Hasta las tres hermanas andaban siempre vestidas con ropa que hacía juego.

Mira este piso de tierra, decía. ¡Míralo! Tu padre no nos quiso lo suficiente ni para comprar un bulto de cemento. Quería que camináramos con las arañas y con las hormigas. Si te pica un alacrán y te mata, será culpa de tu padre.

Todo era culpa suya. Si llovía, él había hecho un techo con goteras. Si hacía calor, él había construido la casa muy lejos de los árboles del hule. Si yo sacaba malas calificaciones en la escuela, era por ser hija suya, igual de tonta que él. Si rompía algo, un vaso de agua digamos, era torpe como él. Si hablaba mucho, era igualita a él: nunca me callaba. Si me quedaba callada, era idéntica a él: me creía mejor que los demás.

Un día en que la madre de Estéfani tenía resfriado y se había encerrado en su cuarto, María, Paula, Estéfani y yo decidimos ir a caminar.

Vamos a explorar, dijo María. En ese entonces su voz sonaba de nuevo amortiguada porque andaba todo el tiempo tapándose la boca y la carne roja expuesta de su labio leporino.

Caminemos hacia la Ciudad de México, dijo Paula. Siempre estaba pensando en ir a la Ciudad de México. Era el lugar que todas podíamos encontrar al instante cuando mirábamos un mapa de México. Podíamos señalarlo con el dedo índice, justo en el centro del país. Si México fuera un cuerpo, la Ciudad de México sería el ombligo.

Caminamos en línea recta desde casa de Estéfani, por los caminos que seguían las iguanas, que nos adentraron más y más en la espesura de la selva. Yo iba atrás. María iba al frente, con la mano en la boca. Paula se veía hermosa con todo y que su madre le había pintado los dientes con un plumón que se le había embarrado por todos lados y hasta los labios los traía negros. Estéfani iba delante de mí con un conjunto de shorts y camiseta rosas. Ya era tan alta que se veía años mayor que las demás. Ver a mis amigas me hacía preguntarme: ¿y yo qué? ¿Yo cómo me veía?

Eres el vivo retrato de tu papá, decía mi madre. Tienes la piel morena rojiza, el pelo castaño, los ojos cafés y los dientes blancos. (Una vez una maestra nos dijo que la gente de Guerrero era afroindia.)

Conforme María, Paula, Estéfani y yo caminábamos en dirección a la Ciudad de México, montaña arriba de donde estaban nuestras casas, remontándonos por encima de la carretera, lentamente sentimos que la selva perdía su densidad y el sol nos empezaba a quemar la coronilla de la cabeza. Íbamos mirándonos los pies. No queríamos pisar una serpiente o alguna criatura venenosa.

En cuanto pueda me voy a ir de esta selva espantosa, dijo Paula.

Las demás sabíamos que si alguien podía hacerlo era Paula, con su cara de anuncio de televisión.

Como si hubiéramos cruzado una frontera, de un momento a otro dejamos atrás el invernadero de nuestra selva y llegamos a un claro. El sol calaba fuerte. Nos detuvimos ante el fulgor de los colores negro y azul lavanda en un enorme campo, y una fogata de amapolas apareció ante nosotras.

El lugar parecía abandonado excepto por un helicóptero del ejército derribado, una maraña de fierros retorcidos y aspas en medio de las amapolas.

El campo de flores olía a gasolina.

La mano de María se deslizó hacia la mía. No tuve que voltear y verla para saber que era su manita fresca como cáscara de manzana. Nos reconoceríamos en la oscuridad y hasta en un sueño.

Nadie tuvo que decir: cállense, ni chist, o vámonos de aquí.

Cuando regresamos a casa de Estéfani, su mamá seguía dormida. Las cuatro nos metimos al cuarto de Estéfani y cerramos la puerta.

Identificábamos el sonido de los helicópteros del ejército aproximándose desde lejos. También el olor del Paraquat mezclado con el aroma de las papayas y las manzanas.

Mi madre decía: a esos sinvergüenzas les pagan, les pagan los narcotraficantes, para que no le echen el Paraquat a sus amapolas así que lo echan donde sea en la montaña, ¡nos lo echan a nosotras!

También sabíamos que los que plantaban amapola tensaban unos cables sobre sus cosechas para derribar helicópteros, o, en algunos casos, simplemente los bajaban a tiros con sus rifles y sus

AK-47. Los helicópteros del ejército tenían que regresar a sus bases y reportar que habían soltado todo el herbicida, así que lo regaban donde fuera. No querían acercarse a los plantíos donde de seguro serían derribados. Cuando los helicópteros pasaban y arrojaban esa cosa sobre nuestras casas todo olía a amoniaco y nos ardían los ojos durante varios días. Mi madre decía que por eso no podía dejar de toser.

Mi cuerpo, decía, es el pinche plantío de amapolas del ejército.

En el cuarto de Estéfani nos prometimos que éste sería nuestro secreto.

María y yo ya compartíamos un secreto. Tenía que ver con su hermano mayor Mike. Poseía una pistola.

Mi madre siempre decía que Mike era un sinvergüenza que había venido al mundo para hacerle pedazos el corazón a una mujer. Decía que ella lo supo desde el día que él nació.

María nació con toda la mala suerte que Dios tenía para dar ese día, decía mi madre. Hasta le dio un hermano que no merece ser hermano de nadie.

Mike nos contó que se encontró la pistola allá junto a la carretera en una bolsa de basura grande de plástico negro que se había roto. Allí estaba la pistola, el metal brillando, entre cascarones de huevo. Le quedaban dos balas.

Yo le creí. Sabía que en las bolsas de basura te puedes encontrar lo que sea.

5

Mi padre podía levantar una serpiente de la cola y doblarla en dos como si estuviera partiendo un pedazo de chicle. Su penetrante silbido hacía que las iguanas salieran corriendo de los caminos de la selva. Siempre tenía un motivo para cantar.

¿Para qué hablar si se puede cantar?, decía.

Siempre traía un cigarro entre dos dedos, una cerveza en la mano y un sombrero de palma de ala angosta en la cabeza. Odiaba las cachuchas de beisbolista que usaba todo el mundo.

En las mañanas bajaba caminando a la carretera y tomaba el autobús barato a Acapulco, donde trabajaba durante el día como barman de piscina, en el hotel Acapulco Bay. Mi madre le ponía una camisa y unos pantalones lavados y planchados en una bolsa de plástico de supermercado para que se cambiara al llegar al trabajo.

En el transcurso del día, yo observaba a mi madre. Conforme pasaban las horas se iba emocionando más y más. Hacia las ocho sabía que el autobús lo había dejado en la carretera y que venía subiendo la montaña hacia nosotras. La veía ponerse lápiz labial y cambiarse a un vestido limpio. Lo oíamos acercarse desde antes de verlo porque venía cantando y su voz nos llegaba entre la oscuridad del platanar y los papayos.

Cuando finalmente aparecía en la puerta, cerraba los ojos y abría los brazos. ¿A quién voy a abrazar primero?, preguntaba. Siempre era a mi mamá. Ella era capaz de darme un pisotón, empujarme o hasta meterme zancadilla antes que dejarme llegar primero.

Mi papá se sentaba en el cuartito que teníamos a un lado de la cocina, que era una especie de sala donde podíamos estar lejos de los mosquitos, y nos contaba sobre su día sirviendo tragos y Coca-Colas a turistas de Estados Unidos y Europa. De vez en cuando le tocaba atender a alguna actriz de telenovela o a algún político. Estas anécdotas eran las que más nos interesaban.

Al paso de los años mi madre se fue enojando más y más, y empezó a beber demasiado. Me acuerdo que fue casi un año después de que operaron a María de su labio leporino. Una noche habló más de la cuenta.

Tu papá se acostó con Concha, la mamá de Paula, y con la mamá de Estéfani, y con todas las de por aquí. Sí, lo hizo con cada una de mis amigas, con cada una de ellas. Y deja, te cuento con quién lo ha estado haciendo últimamente. Con Ruth, dijo.

Mi madre agarró otra botella de cerveza y se empinó un largo trago. Me pareció que se veía casi bizca.

Entonces, Ladydi, continuó, más vale que sepas la verdad sobre tu papito adorado. Toda la verdad.

Ya, mamá. No sigas.

Para que nunca digas que tu madre no te decía la verdad.

Y luego estalló en lágrimas, cientos de lágrimas. Mi madre se convirtió en una enorme tormenta.

Y más vale que sepas toda la verdad, sollozaba.

Ya no quiero saber más, dije.

También con la mamá de María. También se acostó con la mamá de María y, escúchame, ésa fue la maldición. Yo le dije a tu padre que el labio leporino de María, esa cara de conejo, cara de liebre, era el castigo de Dios.

Me quedé muy quieta, quieta como cuando hay un alacrán blanco casi transparente en la pared arriba de tu cama. Quieta como cuando ves una culebra enroscada atrás del bote de café. Quieta como cuando esperas que el helicóptero suelte el herbicida ardiente sobre tu cuerpo mientras vas de la escuela a tu casa. Quieta como cuando oyes que una camioneta se desvió de la carretera y casi ruge como un león, aunque nunca has oído rugir un león.

¿Qué estás diciendo exactamente, mamá?

Ay, Dios mío, dijo mi madre, poniéndose la mano sobre la boca.

Parecía estar escupiendo las palabras en la palma de su mano, como si fueran huesos de aceituna o de ciruela o un pedazo de carne dura que no se pudo tragar. Era como si tratara de atrapar las palabras en su mano antes de que salieran al cuarto y viajaran hasta mí.

Cuando las palabras entraron en mí fue como si hubieran salido con resorte. Mi cuerpo era una máquina de pinball y las palabras me pegaban como pelotas de metal estrellándose y corriendo por mis brazos y mis piernas y mi cuello hasta que al fin cayeron en el premiado agujero de mi corazón.

No me mires así, Ladydi, dijo mi madre. Oye, y no te pongas toda digna como si no supieras nada de estos chismes.

Pero ella era consciente que yo desconocía las mañas de mi padre, o esas mañas. De lo que sí se dio cuenta, porque estaba borracha pero no era tonta, fue que acababa de matarme a mi papito. Para el caso le hubiera metido un balazo al corazón de mi-papi-sólo-me-quiere-a-mí.

Mi reacción fue decir: dame una cerveza y no me digas que soy muy chica.

Tienes once años.

No, tengo doce.

No, tienes once.

Abrió una botella de cerveza y me la pasó. Me la tomé rápido como la tomaba ella. Como la había visto tomar cientos de veces. Y ésa fue la primera vez que me emborraché. Rápidamente aprendí que sólo hace falta un poco de alcohol para solucionarlo todo. Cuando estás borracha no te importa si un batallón de mosquitos te pica los brazos ni si un alacrán te pica las manos ni si tu papá es un cabrón mentiroso y tu mejor amiga, con la cara rota, resulta ser tu media hermana.

Ahora entendía por qué a mi madre siempre le gustaba contar que había ido a ver a María en cuanto nació. Era para ver si la bebé se parecía a mi padre; y, claro, se parecía. María es idéntica a mi padre y quizá por eso mismo se había marchado el padre de María. Tal vez, después de todo, lo que lo asustó no fuera el labio leporino. Quizá pensara que no iba a pasarse el resto de su vida alimentando el rostro bebé del amante de su esposa.

Esa noche, cuando mi padre llegó del trabajo lleno de canciones, se encontró a su mujer y a su hija tiradas de borrachas.

A la mañana siguiente me desperté y encontré a mi madre sentada en el taburete de la cocina junto a la ventana. Me imagino que él nos echó una mirada y, más entrada la noche, oiría a mi madre despotricar sobre lo que me había contado y por qué. Debió de decirle: ¿crees que le íbamos a mentir siempre? Te sientes Frank Sinatra allá en Acapulco sirviéndole a la gente margaritas con su estúpida sombrillita de plástico.

Yo tenía una colección de esas coloridas sombrillas cocteleras de papel, que mi padre me había traído a lo largo de los años. También me traía agitadores fosforescentes. Me ayudó a pegarlos todos alrededor de mi cama para que pudiera verlos brillar en la noche. Además me daba billetes de un dólar de vez en cuando, que le daban turistas de Estados Unidos. Ya tenía ahorrados treinta dólares. Guardaba este dinero en un cómic de Archie en mi dormitorio.

Saber que María era mi media hermana también me hizo sentir diferente con respecto a Mike. Me dio sentimientos fraternales hacia él. De ahí en adelante, siempre le compré un regalo de cumpleaños.

Al poco tiempo, mi padre se fue a Estados Unidos a buscar trabajo. Sólo regresó unas cuantas veces y luego se fue definitivamente. Lo único que nos quedó de recuerdo fue la antena parabólica fija en la palmera más alta de nuestra pequeña parcela y una televisión grande de pantalla plana y, por supuesto, María.

Deberían desollarme y colgarme de un gancho en la carnicería, dijo mi madre.

Ésa fue la primera vez que mi papi se fue. Ni siquiera me despertó de mi sueño ebrio, de primera borrachera, para despedirse.

¡No se despidió de ti porque no se atrevió a darte la cara! Frank Sinatra acaba de escabullirse como un viejo perro callejero que se avergüenza de ser perro, dijo mi madre.

Ella se encargó de contarles a todas nuestras amigas que él se había ido sin siquiera despedirse de su hija.

Dos meses después, por la cadena de chismes de Estados Unidos a México nos enteramos que se había ido a la frontera y que había logrado cruzar por Tijuana, en la garita de San Ysidro, oculto en la caja de un camión bajo una compuerta falsa entre las ruedas y la defensa. Luego agarró por la interestatal 5 y se adentró en los Estados Unidos.

Nos llegó el rumor de que al instante de haber cruzado la frontera, en cuanto empezaron a internarse en el estado de Texas, se había puesto a cantar canciones, una tras otra. Era la única prueba que mi madre y yo necesitábamos para confirmar que los rumores eran ciertos.

Después de cruzar la frontera mi padre se fue a Florida, donde estuvo trabajando de jardinero. Esto hizo que mi madre escupiera en el suelo y dijera: ¡de jardinero! Ese mentiroso hijo de la chingada no sabe nada de jardinería.

Las dos tratamos de imaginarlo cargando una pala o un rastrillo y plantando rosas. Era tan seductor y tenía tanta labia que podía meterse a trabajar de lo que fuera.

Cuando finalmente nos giró algo de dinero, como tres meses después de haberse ido, mi madre se quedó muda. Tardé un rato en entender qué le había sacado de golpe las palabras de la boca y la había dejado vacía. El dinero que mi padre había enviado no venía de ninguno de esos lugares con nombres sofisticados de Florida como Orlando o Miami o Palm Beach, sino de una ciudad llamada Boca Ratón. Esto fue demasiado para mi madre.

Dijo: ¿dejó este lugar para irse a meter a la Boca del Ratón?

6

Al siguiente año escolar tuvimos un maestro de nombre José Rosa, de la Ciudad de México. Estaba haciendo su servicio social y había sido enviado a dar clases en nuestra escuela. Tratábamos de no encariñarnos demasiado con estos extraños que venían y se iban, pero a veces era difícil.

José Rosa era un hombre apuesto de veintitrés años que había sido enviado a nuestro mundo de mujeres.

Paula, Estéfani, María y yo veíamos a nuestras madres enamorarse del joven maestro. Cada mañana le mandaban alguna sorpresa en nuestra bolsa del almuerzo o simplemente se quedaban a pasar el rato en la escuela.

Fue también cuando por primera vez Paula, María, Estéfani y yo protestamos de que nos afearan o nos vistieran de niños. Queríamos que los ojos de José Rosa nos vieran como mujeres.

La única persona que se le resistía era Estéfani. Fue la primera que lo vio subiendo por el camino hacia nuestra escuela de un solo salón en la selva bajo el naranjo moribundo. Lo vio caminar con su paso de ciudad, con ropa y corte de pelo de ciudad y luego lo oyó hablar con su acento citadino.

¿A quién le va a tocar su beso de ciudad? ¿A quién le va a tocar su beso de rascacielos?, preguntó Estéfani.

Estéfani era la única que había ido a la Ciudad de México. De hecho, había ido muchas veces. Su madre estaba enferma y tenían que ir a ver a un doctor cada tantos meses. La madre de Estéfani por poco se murió. Todas nos preocupamos porque en ese entonces Estéfani tenía apenas nueve años. Su padre se había ido a Estados Unidos a trabajar en los barcos pesqueros en Alaska y no estaba por aquí para ayudar. Estéfani decía que su madre se iba poniendo más y más flaca, y por mucho que tratara de subir de peso, no podía. La piel morena de su madre se empezó a poner de un color plateado.

Pero la verdad de las cosas es que el padre de Estéfani no trajo consigo el olor y sabor del salmón rey de Alaska, la trucha arcoíris ni el salvelino. No trajo consigo una bolsa de agujas de pino ni fotografías de los osos grizzly ni una pluma de águila. Lo que trajo consigo fue el virus del sida, que le contagió a la madre de Estéfani, como si le hubiera regalado una rosa o una caja de chocolates.

En Chilpancingo, junto a una cantina que tenía tantos balazos en la puerta que se podía ver la barra oscura a través de las redondas heridas, había una clínica donde por veinte pesos te podías hacer una prueba de sida. Los hombres venían y se iban a Estados Unidos y las mujeres, año con año, pasaban caminando frente a la cantina para hacerse una prueba de sida. Había algunas que no querían saber; rezaban.

Cuando a la madre de Estéfani le diagnosticaron sida, su marido la dejó. Le dio tres bofetadas: revés, envés, otra vez revés, y la llamó puta. Le dijo que si tenía sida era porque le había sido infiel. Todas sabíamos que eso era imposible. En nuestra montaña no había hombres.

Después de esto, la casa de Estéfani, que tanto habíamos admirado, se empezó a desmoronar. Los aparatos dejaron de funcionar, pero la madre de Estéfani igual los conservó. Los juguetes se rompieron. Las toallas y tapetes que hacían juego se deshilacharon.

Estéfani presumía de que había visto a muchos hombres de ciudad, porque había ido a la Ciudad de México con su mamá, así que nuestro nuevo maestro no la impresionaba en lo más mínimo. De hecho, decía que nuestro maestro, José Rosa, no era tan guapo como otros hombres que había visto.

Cuando José Rosa entró a nuestro salón una calurosa mañana de agosto pudimos oler la ciudad que aún lo envolvía. Olía a coches, a humo de automóviles y a cemento. Era muy pálido.

Parece un vaso de leche, dijo María.

No, un actor de cine, dijo Paula.

No, discrepó Estéfani. Parece un gusano.

Se presentó con cada una de nosotras y nos saludó de mano. Su mano en la mía aún le pertenecía a la ciudad. Se sentía fría y seca. No había pelado ningún mango ni había cortado una papaya. También usaba un sombrero de palma. Luego nos dijo que era un sombrero de Panamá, que nos pareció muy elegante. Aparte de mi padre, era el primer hombre que veíamos que no andaba con cachucha de beisbolista. José Rosa tenía el pelo negro y muy rizado y ojos café claro con largas pestañas que se enchinaban hacia sus cejas.

Cuando mi madre lo vio, dijo: ¡mira, Ladydi, más vale que empecemos a cavarle un hoyo a él también!

El primer día de clases llegamos con nuestras madres a inscribirnos y conocer oficialmente al nuevo maestro. Era una rutina que seguíamos al inicio de cada año escolar. Ese primer día nos veíamos como éramos, y ya: desaliñadas y nacidas de la selva, como si fuéramos parientes de los papayos, de las iguanas y las mariposas.

Después de ver a José Rosa con su sombrero de palma, hubo una estampida masiva al salón de belleza de Ruth. Vimos a nuestras madres lavarse y cortarse el pelo. Las que tenían el pelo rizado lo querían lacio y las que lo tenían lacio lo querían rizado. Mi madre fue la única que insistió en que su cabello negro se lo tiñeran de rubio. A Ruth le dio gusto porque siempre estaba tratando de convencer a todo el mundo de cambiarse el color del pelo.

Vimos a Ruth arreglar a nuestras madres mientras dábamos vueltas y vueltas en los sillones del salón de belleza, o viendo pasar autobuses enormes por la ventana acribillada a tiros. Ansiábamos que nos arreglaran el pelo y nos pintaran las uñas, pero no nos dejaron.

Cuando Ruth quitó la toalla del pelo mojado de mi madre, sus rizos negros se habían transformado en rizos amarillos. Hubo un silencio repentino en el salón al quedarnos viendo su pelo como algodón de azúcar amarillo.

El segundo día de clases todas iban arregladas como si fuera Navidad. Los rostros morenos de nuestras madres estaban cubiertos de maquillaje y lápiz labial. La mamá de Estéfani hasta pestañas postizas se puso, que parecían antenas saliendo de su rostro demacrado y enfermizo.

Cuando José Rosa llegó fue como si un enorme espejo hubiera caído en la selva. Cuando lo mirábamos, nos veíamos a nosotras mismas. Cada imperfección, nuestra piel, cicatrices, cosas que nunca habíamos notado siquiera, las veíamos en él.

Mi madre fue la primera en invitarlo a comer. No lo va a creer cuando vea que yo sé de gramática. Que sé de onomatopeyas e hipérboles, dijo. Yo sé. ¿Verdad?

Se pasó el día barriendo y sacudiendo todo. No había limpiado la casa desde que se fue mi padre.

Yo podía entender que mi padre hubiera abandonado la casa, la jungla y a mi madre (aunque aún no era la borracha enojona que se volvió después), pero nunca logré entender cómo pudo abandonarme a mí.

Cuando José Rosa vino a nuestra casa limpia, nos sentamos afuera, debajo del papayo; mi madre y José bebían cerveza y yo una Coca. Cuando mi madre le pasó a José Rosa la cerveza, no le ofreció un vaso. En Guerrero todos bebemos a pico de botella.

José se la pasó quejándose de nuestra montaña. No entendía por qué nunca usábamos vasos ni por qué teníamos casas pero casi siempre dormíamos a la intemperie. Escuchamos en silencio mientras se quejaba de que todos teníamos aparatos como televisiones, antenas satelitales y lavadoras, pero no teníamos muebles y seguíamos viviendo con pisos de tierra.

José Rosa habló de cómo estábamos conectados a la luz, que de hecho era ilegal pues la tomábamos de los postes de la carretera, y subíamos los cables por los caminos y entre los árboles. No podía entender por qué comíamos carne tan seguido y tan pocas frutas y verduras. Siguió y siguió. José Rosa incluso dijo que los sapos grandes cerca de la escuela eran la cosa más fea que había visto. No soportaba las enormes hormigas negras que se habían apoderado de su casita y, por supuesto, el calor era insufrible.

Mi ahora rubia madre escuchó todo mientras bebía una cerveza tras otra. Por el sudor, el maquillaje parecía que se le derretía en la cara y le escurría hacia el cuello. Para cuando su lápiz labial había embarrado la boca de cinco botellas de cerveza, y José Rosa expresó que él tenía que usar calcetines aun en este calor porque, después de todo, lo habían enseñado a usar calcetines, ya estaba molesta.

Y entonces él lo dijo.

Dijo: ¿cómo pueden vivir así, en un mundo sin hombres? ¿Cómo?

Mi madre inhaló. Parecía que hasta las hormigas en el suelo dejaron de moverse. La pregunta de José Rosa se quedó en el aire húmedo y caliente, como si las palabras dichas pudieran quedar suspendidas. Pude estirar la mano y tocar las letras C y Ó y M y O.

¿Usted ve la televisión, señor Rosa?, preguntó mi madre con ese tono suyo demasiado lento que usaba cuando estaba enojada.

Dejó su botella de cerveza vacía a un lado en el suelo.

Con éste eran seis cascos. Grandes hormigas negras ya estaban entrando y saliendo de algunos.

Ustedes, los hombres, no lo entienden, ¿verdad?, dijo. Ésta es una tierra de mujeres. México es de las mujeres. Si ha visto la tele, habrá visto el programa de las amazonas.

¿El río?, preguntó José Rosa.

Ella le contó sobre las mujeres guerreras y cómo la palabra amazona significaba sin seno.

Mi madre tenía conocimiento televisivo. Ella así lo llamaba.

No, no, no conozco esa historia, dijo José Rosa.

Tiene que ver el History Channel, señor profesor. Nosotras siempre vemos el History Channel, ¿verdad, Ladydi?

José Rosa no quería hablar de los griegos ni que nos diéramos cuenta de que no sabía nada de las amazonas.

Sí, qué interesante, ¿pero dónde están los hombres?, preguntó. ¿Saben exactamente dónde están todos?

Claro que sí lo sabemos. No están aquí.

Mi madre se puso de pie y caminó hacia nuestra casa de dos cuartos. En realidad no caminaba sino que arrastraba los pies y los dedos se le salían por el frente de las chancletas de plástico y se le enroscaban como garras.

Aquí espéreme, no se mueva, dijo y desapareció en la sombra negra de nuestra casa inconclusa y de cemento en bruto.

Era la primera vez que José Rosa y yo estábamos a solas. Me miró bondadosamente y me preguntó con su voz de ciudad, que a mí siempre me sonó exótica: ¿siempre bebe tanto?

Yo sabía que mi madre ya había entrado a la casa y por la cerveza y el calor había perdido el sentido. Con sólo verla caminar supe que su mata rizada de pelo güero ahora estaría aplastada en la almohada del pequeño catre del rincón; supe que no despertaría hasta la media noche.

Venga, dije. Le quiero enseñar algo.

Nos incorporamos y mi maestro me siguió alrededor de la casa hasta la parte de atrás.

Ahí, dije, mire. Éste es el cementerio de botellas de cerveza.

José Rosa se quedó quieto y sin aliento al ver el montículo de cientos de botellas de vidrio de mi madre, amontonadas y cubiertas por enjambres de abejas.

A la derecha del cementerio de cervezas estaba nuestro tendedero, amarrado entre dos papayos. Mi madre había limpiado la casa pero se le había olvidado meter la ropa. José Rosa vio nuestros calzones amarillos y rosas que colgaban flojos en el aire sin viento. Estaban llenos de agujeros y algunos tenían la entrepierna marrón y raída de tanto restregar mi madre sus manchas de sangre menstrual.

¿Exactamente cuántos años tienes?, me preguntó José Rosa cuando nos dimos la media vuelta y volvimos a rodear la casa. Usaba palabras como «exactamente» y «bastante», y parecían palabras muy correctas y educadas, de ciudad.

Será mejor que me vaya, dijo.

Todo el mundo se quería ir en cuanto mi madre bebía de más. Yo ya estaba acostumbrada.

Sí. Ella ya se durmió. Lo acompaño a la carretera.

Fue un alivio para él que yo lo acompañara. Yo sabía que a la gente de la ciudad le asusta la selva y él parecía más asustado que la mayoría.

¿Por qué vino para acá?, le pregunté cuando bajábamos de nuestro cerro empinado hacia la carretera. Él vivía en un cuartito arriba del salón de belleza de Ruth.

Vi cómo se movía tratando de no pisar las grandes hormigas rojas con sus zapatos de ciudad de cuero negro con agujetas. Volteaba hacia sus pies y luego alzaba la vista hacia los árboles, de ida y vuelta. Conforme el día se hacía ocaso docenas de mosquitos se posaban en su cuello y brazos. Él trataba de espantarlos con las manos. La selva sabía que este citadino se hallaba entre nosotras.

En la carretera le dije que no me permitían cruzar y que tenía que regresar a mi casa.

Sí sabe que no debe salir de noche, ¿verdad?, dije. ¿Alguien ya se lo explicó?

La noche es de los narcotraficantes, el ejército y la policía, así como de los alacranes, dije.

José Rosa asintió con la cabeza.

Pase lo que pase, no salga de su casa, ni siquiera si oye ruido de balazos o alguien pidiendo ayuda, ¿okey?

Gracias, dijo él tomando mi mano e inclinándose a besarme la mejilla.

En la selva nadie se da la mano ni se besa la mejilla. Ésa es una costumbre de ciudad, o una costumbre que sólo puede existir en un clima fresco. En nuestra tierra caliente tocarse sólo da más calor.

Cuando regresé a mi casa mi madre seguía inconsciente. Me tomó unos segundos reconocer su figura en la cama. Se me olvidó que se había decolorado el pelo. Sus rubias greñas cubrían la pequeña almohada.

Las manos de mi madre reposaban sobre su vientre. Al acercarme noté que traía algo brilloso agarrado entre los dedos.

A la mañana siguiente mi madre parecía molesta. No quería ni mirarme.

¿Y a qué horas se fue José Rosa? No me di cuenta cuando se fue, dijo.

Te quedaste dormida, mamá. ¿Qué pensabas? ¡Es mi maestro!

Mi madre empezó a dar pasos jalándose el decolorado pelo rubio. Yo no sabía si era porque estaba enojada o triste.

Finalmente dijo: sólo me estaba volteando al revés, me estaba volteando al revés para que mis huesos quedaran por fuera y mi corazón quedara colgando aquí en medio de mi pecho como una medalla. Fue demasiado para mí, así que me tuve que acostar. Ladydi, yo sabía que ese hombre podía ver mi hígado y mi bazo. Me hubiera podido arrancar un ojo de la cara como si fuera una uva con sólo acercarse.

¿Qué haces con una pistola, mamá?

Mi madre se detuvo y guardó silencio un momento.

¿Cuál pistola?

¿Qué haces con una pistola, mamá?

Hay hombres que hay que matarlos, respondió mi madre.

Me senté a su lado y empecé a sobarle la espalda suavemente.

Ya me tengo que ir a la escuela, mamá; si no, voy a llegar tarde, dije.

¿Por qué diablos no habrá por aquí un bar lleno de hombres donde una pueda ir a emborracharse y a que la besuqueen?

Me voy a la escuela yo sola. Ya me tengo que ir, mamá.

La dejé ahí en el piso y salí de la casa.

Cuando bajaba del cerro un ejército de hormigas iba marchando en varias filas montaña abajo hacia la carretera. Las lagartijas iban en la misma dirección, moviéndose muy rápido. Las aves que sobrevolaban también estaban inquietas y se alejaban.

Esa mañana todo en la montaña parecía desesperado por llegar al río de asfalto negro.

Y luego supe por qué.

A lo lejos, muy lejos, oí un helicóptero.

Corrí a la escuela lo más rápido que pude.

En el salón ya todos habían entrado y la pequeña puerta estaba cerrada.

Déjenme entrar, grité.

José Rosa abrió la puerta. Lo hice a un lado y me metí corriendo con María y Estéfani que estaban paradas en la ventana volteando hacia lo alto.

¿Dónde está Paula?, pregunté.

Mis amigas menearon la cabeza.

José Rosa se mostró confundido y desconcertado. María le explicó que el helicóptero significaba que el ejército iba a echar el Paraquat sobre los plantíos de amapola.

Todo el mundo corre a protegerse, explicó. Nunca se sabe dónde pueden rociar el herbicida.

Podíamos oír el helicóptero acercarse más hasta que finalmente pasó sobre nuestra escuelita de un solo salón y se fue.

¿Huelen algo?, preguntó Estéfani.

Yo no, dijo María. No.

José Rosa se sentó y sacó una cajita de gises blancos de su portafolio de cuero y luego caminó hacia el pizarrón. Hizo cuatro columnas con los encabezados Historia, Geografía, Matemáticas y Español.

Sacamos nuestros cuadernos y lápices de las mochilas y nos pusimos a copiar lo que José Rosa había escrito.

Cuando escribí la palabra Historia me llegó el olor. Para cuando acabé de escribir Español no me quedaba la menor duda de que estaba oliendo Paraquat.

Las tres lo sabíamos. José Rosa no.

También sentíamos la ausencia de Paula.

Conforme el olor se hacía más intenso podíamos percibir el veneno entrar reptando bajo la puerta del salón.

En el momento en que María se retorcía y estaba a punto de pararse e insistir en que teníamos que salir de ese cuarto, Paula empujó la puerta y entró jadeando y llorando.

Estaba empapada de veneno.

Lloraba con los ojos cerrados y apretando los labios.

Todas sabíamos que si el Paraquat se te metía a la boca te podías morir.

En su carrera por ganarle al helicóptero había perdido sus chancletas y su mochila. Su vestido estaba empapado y del pelo le escurría el líquido quemante. Paula mantenía los ojos bien cerrados. El herbicida también te puede dejar ciega. Quema todo.

María fue la primera que saltó de su silla.

Para no tocarla, guió a Paula empujándola con su cuaderno hasta el bañito construido al fondo.

Estéfani y yo las seguimos. En el baño, Paula se arrancó el vestido. Tratamos de lavarla con agua de la llave, pero salía muy poquita, así que con las manos sacamos agua del excusado. Le lavamos los ojos y la boca una y otra vez.

Yo podía sentir el sabor del veneno. Donde me rozaba la piel, sentía la quemadura, capaz de transformar una radiante amapola en un pedazo de brea del tamaño de una pasa.

José Rosa miraba en silencio. Se asomó al cuarto desde afuera, y se cubrió la boca y la nariz con el brazo, pegando la cara a la manga blanca de su camisa de algodón.

Lavamos el veneno, pero sabíamos que una buena parte ya había entrado en ella. De pie y desnuda, Paula no hablaba ni lloraba; temblaba en el bañito.

Estéfani fue quien tuvo la idea de envolverla con la cortina de tela raída que colgaba en el salón.

La encaminamos por la selva hasta la carretera y otra vez para arriba hasta su casa. Aunque le ofrecimos nuestras chancletas, dijo que no y batalló caminando descalza. Le daba miedo que hubiera Paraquat en la hierba del camino y que nos fuera a quemar.

Entregamos a Paula a su madre que sólo pudo decir: era cuestión de tiempo.

Sabíamos que no iba a poder meter una esponja dentro de Paula, como si fuera una botella, para absorberle el veneno.

En casa, mi madre estaba sentada en el suelo, al fondo, contemplando el cementerio de cervezas. Tenía los pelos parados en el aire como una aureola amarilla. Las botellas de vidrio y las latas plateadas resplandecían y destellaban bajo el sol de media mañana.

Me senté a su lado.

Volteó y me vio, y luego levantó la vista al sol y dijo: ¿qué haces aquí tan temprano, eh?

Yo seguía temblando.

Válgame, Ladydi, dijo. ¿Qué pasó?

Se inclinó hacia mí y me rodeó con su brazo. Le conté todo lo ocurrido.

Hija, mi niña, esto es, por supuesto, un presagio. Hemos sido señaladas. Van a soplar otros aires, dijo.

Tenía razón. Después, cuando se robaron a Paula, supe que ese día había sido un presagio. Ella fue la primera en ser elegida.

Esa noche Estéfani, María, Paula y yo menstruamos por primera vez. Mi madre dijo que era por la luna llena. La madre de Estéfani dijo que era porque el veneno había provocado algo malo dentro de nosotras.

Pero nosotras sabíamos lo que en realidad había pasado.

José Rosa había visto a Paula desnuda. Había visto su piel morena y sus pechos con sus grandes aréolas cafés y los suaves pezones entre rojizos y negros y el vello negro entre sus piernas. Había visto su juvenil belleza adolescente. En ese momento, nos volvimos una sola mujer y era como si nos hubiera visto a todas.

7

Le prometí a mi madre que nunca le diría a María que era mi media hermana.

No me gusta hacer olas, dijo mi madre.

No se lo diré.

Cuando María creció y la cicatriz de su labio leporino se desvaneció, era idéntica a mi padre. Si él la hubiera visto, habría creído que se estaba viendo en un espejo.

Mi madre también lo advirtió. Se le quedaba viendo a María, de modo silencioso, estudiando su cara. Se debatía entre las ganas de tomarla en sus brazos y besarla y las ganas de darle un bofetón.

Yo amaba a María. De toda la gente en este ardiente-infierno-miserable-dejado-y-olvidado-de-la-mano-de-Dios, como mi madre llamaba a nuestra montaña, ella era la persona más buena de todas. Caminaba sacándole la vuelta a una hormiga color rojo fuego para no pisarla.

El año que José Rosa fue nuestro maestro lo recuerdo como una serie de acontecimientos.

El primer acontecimiento fue el día de su llegada, junto con su visita a mi casa cuando le enseñé nuestro cementerio de cervezas. El segundo acontecimiento sobresaliente es el día en que le llovió herbicida a Paula.

Medí también ese año viendo crecer el pelo rubio de mi madre. Para cuando acabó el periodo escolar, las raíces negras le llegaban casi a las orejas. Nunca se lo retiñó de negro, ni se lo retocó de rubio ni se lo recortó siquiera, porque el salón de belleza de Ruth cerró. Y este, el cierre del salón de Ruth, fue el tercer acontecimiento de ese año.

Nadie vio nada. Nadie oyó nada. No quedó nada.

Nunca volvimos a saber de Ruth.

La abuela de Estéfani, Sofía, que atendía su minisúper OXXO en la misma cuadra del salón de Ruth, se había levantado más temprano que de costumbre para ir a abrir el negocio. Era el 10 de diciembre. Sofía estaba esperando el hervidero de peregrinos que pasaría por su tienda, y que marcharían por los caminos de terracería y por las carreteras de todo México para llegar a la capital del país al día de la Virgen de Guadalupe, el 12 de diciembre.

Sofía pasó por el salón de belleza como lo hacía todos los días. La puerta de plástico verde transparente corrugado se abría en vaivén hacia la calle. Se asomó y gritó el nombre de Ruth, pero no hubo respuesta.

Luego aclararía que nunca supo si las manchas color rojo brillante en el piso eran sangre o gotas de barniz de uñas rojo.

Nadie cometió la tontería de llamar a la policía. En vez de eso esperamos.

Cuando pasábamos por el salón de belleza que todavía tenía su letrero «La Ilusión» sobre la puerta, nos asomamos esperando aún verla allí. En vez de eso, vimos sólo dos secadoras de casco bajo las que solían sentarse nuestras madres y los dos lavabos vacíos donde Ruth nos lavaba el pelo. La menora, el candelabro de siete brazos judío, seguía ahí, en el marco de la ventana frente al vidrio estrellado a balazos.

Todas sabíamos que habían raptado a Ruth.

Hay tantos muertos por ahí que nunca los vamos a encontrar con vida, dijo mi madre.

José Rosa andaba tan inquieto por la desaparición de Ruth que se pasó dos meses tratando de hacer que alguien de la Ciudad de México fuera a investigar.

Había sólo un lugar en la montaña donde nuestros celulares podían captar la señal de una torre que estaba a doce kilómetros. Se trataba de un pequeño claro, de camino a la escuela. Siempre había alguien allí ya fuera hablando por teléfono o esperando la llamada de un pariente en Estados Unidos. Aquel claro era nuestro vínculo con el mundo. Era allí donde las noticias buenas y malas nos llegaban. A este lugar mi madre lo llamaba Delfos, por un documental que había visto de Grecia.

Los sonidos de la selva se mezclaban con el ruido de los celulares. Los pitidos, tonos, canciones y tintineos que llenaban el aire húmedo se hacían acompañar por el agudo timbre de las voces de las mujeres.

En el claro siempre había mujeres esperando noticia de sus maridos e hijos varones. Algunas se quedaban ahí sentadas durante días que se volvían semanas, meses, años, y sus celulares nunca sonaban.

Una vez mi madre estaba hablando con mi padre, antes de que nos abandonara definitivamente, y la oí decir: me podría tragar este teléfono de tanto que te deseo.

Era raro tener a un hombre merodeando por ahí. La presencia de José Rosa cohibía un poco a todas. Escuchábamos fascinadas mientras hablaba con abogados, policías y jueces, y trataba de hacer que alguien investigara la desaparición de Ruth.

Una tarde, para consolarlo, la abuela de Estéfani, Sofía, le puso las manos en los hombros.

Una mujer que desaparece es sólo otra hoja que se va por la cuneta en una tormenta, dijo.

A nadie le importa Ruth, agregó mi madre. Se la robaron como a un coche.

El cuarto acontecimiento que definió esos doce meses ocurrió la última semana del año escolar, en julio. Sucedió el día antes de que José Rosa nos abandonara para regresar a la Ciudad de México.

Yo estaba en el salón para ayudarle a José Rosa a limpiar y a descolgar los pósters que había puesto en la pared a lo largo del año. Quería dejar el salón listo para el nuevo maestro que llegaría a mediados de agosto.

El póster del mundo ya estaba guardado. Donde yo antes miraba los contornos de África y Australia y contemplaba el azul profundo de los mares y océanos ahora había una pared de ladrillo vacía.

La cortina que usamos para envolver el cuerpo desnudo de Paula nunca se reemplazó.

Me recliné en la pared que alguna vez estuvo cubierta con un póster de un arcoíris y diagramas de la luz entrando y saliendo de gotas de lluvia.

También estoy triste, dijo José Rosa, y caminó hacia mí.

Olía a té negro con leche y azúcar.

Posó sus manos en mis hombros y sus labios en mis labios.

José Rosa sabía a ventanas de vidrio, a cemento y a elevadores a la luna. Sus manos de veintitrés años sostuvieron mi rostro de trece y me volvió a besar. El beso de rascacielos era mío.

8

Corre y escóndete en el hoyo.

¿Qué dijiste, mamá?

Corre y escóndete en el hoyo. Ahora mismo. Calla.

¿Qué?

Calla. Calla.

Mi madre estaba afuera cuando vio una camioneta color marrón a lo lejos. Más que verla propiamente, la oyó. Hubo un silencio en la selva conforme los insectos y los pájaros se acallaron.

Rápido, dijo, corre. Corre.

Salí corriendo por la puerta hacia el pequeño claro a un lado de la casa y bajo una pequeña palmera.

El hoyo estaba cubierto con hojas de palmera secas. Hice a un lado las hojas con forma de abanico y me metí arrastrando. Desde dentro, alcancé las hojas y las coloqué otra vez sobre la apertura.

El hoyo era demasiado pequeño. Mi padre lo había cavado cuando yo tenía seis años. Tuve que ponerme de costado con las rodillas pegadas al pecho, como los esqueletos hallados en tumbas antiguas que había visto por televisión. Podía ver huecos de luz que asomaba entre el techo de hojas.

Oí el ruido de un vehículo que se acercaba.

La tierra alrededor de mí tembló cuando la camioneta llegó a nuestra casita y se detuvo en el pequeño claro, justo arriba del hoyo y arriba de mí.

Mi reducido espacio se oscureció, acostada yo a la sombra del vehículo. Entre las hojas pude ver la parte de abajo de la camioneta, una red de tubos y metal.

Arriba de mí el motor se apagó. Pude oír el sonido del freno de mano cuando jalaron la palanca. Se abrió la puerta del lado del conductor.

Una bota vaquera café de tacón alto pero cuadrado y masculino bajó del auto.

Esas botas no eran propias de esta tierra. Nadie usaba botas así en este calor.

De pie, con la puerta del coche abierta, miraba en dirección a mi madre. Desde el hoyo yo sólo alcanzaba a ver las botas de él y las chancletas rojas de plástico de ella, frente a frente.

Buenos días, madre, dijo él.

La voz del hombre no era propia de esta tierra. Las botas y su voz eran del norte de México.

¿Siempre hace tanto calor por acá?, preguntó. ¿Como a cuánto estaremos?

Mi madre no respondió.

Ay, madre, baje esa pistola.

Se abrió la otra puerta del coche.

No pude voltearme en el hoyo para tratar de ver, así que sólo escuché.

Del lado del pasajero de la camioneta bajó otro hombre.

¿Me la desaparezco a balazos?, preguntó el segundo hombre.

Tosió y resolló después de hablar. Tenía una voz asmática del desierto, una voz de serpientes de cascabel y tolvaneras.

¿Dónde anda su hija, eh?, preguntó el primer hombre.

No tengo ninguna hija.

Ay, claro que sí. No me mienta, madre.

Oí un balazo que dio en la camioneta.

El vehículo tembló arriba de mí.

Oí tronar el ra-ta-ta de una ráfaga de ametralladora junto con el silbido de las balas destrozando las paredes de ladrillo de nuestra casa.

Luego cesó. La selva se hinchó y se contrajo. Insectos, reptiles y pájaros se callaron y nada se frotaba con nada. El cielo se oscureció.

La ametralladora había desfondado la montaña.

Éramos su mejor esperanza, madre, dijo el primer hombre.

Ya dejé el lugar bien marcado, ¿qué no?, oí decir al segundo hombre con un agudo resuello que se volvió chiflido.

Los dos hombres se volvieron a subir al automóvil y cerraron las puertas de golpe. El conductor giró la llave y arrancó el motor. Cuando puso su bota en el acelerador arriba de mí, el hoyo se llenó del humo del escape del vehículo. Abrí la boca y aspiré los gases nocivos.

El coche se echó en reversa y se alejó por el camino.

Respiré profundo.

Inhalé el veneno como si fuera el aroma de una flor o una fruta.

Mi madre me hizo permanecer en ese hoyo dos horas más.

Tú no sales de ahí hasta que oiga cantar a un pájaro, dijo.

Ya casi estaba oscuro cuando quitó las hojas del hoyo y me ayudó a salir. Nuestra casita estaba rociada con docenas de balazos. Hasta el papayo tenía heridas de bala y la dulce savia manaba de los agujeros en la corteza suave.

Mira nada más, dijo mi madre.

Volteé. Estaba señalando el hoyo con el dedo.

Me asomé y vi cuatro alacranes albinos. Los más mortíferos.

Esos alacranes te tuvieron más compasión de la que te va a tener ningún ser humano, dijo mi madre.

Se quitó una chancleta y los aplastó a golpes a los cuatro.

La compasión no es una calle de doble sentido, dijo. Luego los recogió con su mano y los echó a un lado.

Cuando levantamos las hojas de palmera para volver a cubrir el hoyo, encontramos un inhalador para asma de plástico azul. Estaba en el suelo donde el segundo hombre había disparado su arma contra mi casa y los árboles.

¿Qué hacemos con esto?, pregunté. Me daba miedo tocarlo.

Te apuesto a que no regresa a buscarlo, dijo mi madre.

Pero ese hombre no va a poder respirar.

Déjalo ahí. No lo toques.

Al día siguiente, subiendo la montaña al claro donde los celulares a veces funcionaban, nos enteramos de que esos hombres habían conseguido robarse a Paula.

María se hallaba sentada, sola, bajo un árbol pellizcándose la cicatriz de su labio leporino. La madre de Estéfani, Augusta, estaba parada en el mero centro del claro sosteniendo su celular por encima de su cabeza tratando de obtener señal. La abuela de Estéfani, Sofía, hablaba frenéticamente con alguien.

La madre de Paula, Concha, estaba sentada mirando fijamente su teléfono como si con los ojos pudiera hacerlo sonar. Llámame, llámame, Paula, llámame, le susurraba al teléfono.

Mi madre se sentó junto a Concha.

Primero fueron a nuestra casa, dijo mi madre.

Concha levantó la cara y me miró. ¿Te metiste en tu hoyo?, preguntó.

Sí. Estuve en el hoyo.

Paula no alcanzó a llegar. Los perros no ladraron. No los oímos venir. Los perros no ladraron.

Concha tenía los perros más malos y aterradores que hubiésemos visto. Eran animales lastimados, atropellados por coches, que ella recogía de la carretera. Tenía por lo menos diez perros que absorbían la sombra de los árboles alrededor de su casa. En su mayoría eran cruzas feas. Mi madre decía que esos perros necesitaban veneno.

Concha sostenía el celular por encima de su cabeza.

Nunca los oí matar a los perros, dijo.

¿Mataron a los perros?

Paula y yo estábamos viendo la televisión, dijo Concha. Nos acabábamos de bañar, estábamos envueltas en nuestras toallas, refrescándonos, sentadas en el sofá. Oí ruido atrás de mí. El tipo nos hubiera podido tocar. No lo oí. Me apuntó con una pistola. Usó la otra mano para enroscarle un dedo a Paula. Tú vienes conmigo, dijo, pero en realidad no lo dijo. Lo dijo su dedo al enroscarse una y otra vez. Paula se puso de pie, sosteniendo la toalla alrededor de su cuerpo. Caminó hasta donde estaba él y los dos salieron por la puerta y se subieron a la camioneta. Y ella seguía envuelta en su toalla, sólo traía la toalla.

Concha los siguió y vio cómo la camioneta desaparecía camino abajo. El patio estaba cubierto con los cuerpos sangrantes de sus perros muertos. Adentro, la televisión seguía prendida a todo volumen.

Descalza, envuelta en una toalla, volvió a decir Concha, y meneó la cabeza.

Debajo del limonero, a la orilla de su pequeño solar, estaba el hoyo que había cavado hacía años para que se escondiera Paula.

Allí enterré a los perros, dijo Concha. Nomás los eché uno arriba de otro en el hoyo de Paula.

Ese día Mike andaba en lo alto del claro. Mascaba su chicle rítmicamente usando sólo los dientes frontales. La blanca bola de chicle aparecía y desaparecía tras sus labios. Yo hacía varias semanas que no lo veía porque se pasaba la mayor parte del tiempo en Acapulco. Siempre se mantenía apartado de todos, con el brazo en alto, el teléfono en el aire, buscando señal. Traía por lo menos cinco celulares repartidos por todo su cuerpo, en todos los bolsillos. Sonaba como una caja musical de tonos, vibraciones, timbres y música rap y electrónica. Decía que tenía un teléfono de Estados Unidos, otro de la Ciudad de México, otro de Florida y varios de Acapulco. María fue la que me contó que Mike vendía mariguana. Por eso tenía dinero. Gracias a Mike en nuestra montaña todos los meses del año era Navidad. Se la pasaba comprándole regalos a medio mundo.

Si Mike andaba por acá, se pasaba el tiempo en lo alto del claro. Recibía llamadas de todo Estados Unidos y de Europa. Hasta tenía una página de Facebook y una cuenta de Twitter. Parecía que todos en Estados Unidos sabían que Mike era a quien había que comprarle drogas en México. María decía que Mike era famoso en Estados Unidos. Cuando allá eran vacaciones, había turistas, sobre todo los chicos que venían durante el descanso primaveral, que le encargaban a él sus drogas desde antes de llegar a Acapulco. Su apodo era Mister Wave.

Mike se pasaba todo el día enchufado a su iPod, así que era imposible hablar con él. Escuchaba hip-hop y rap y siempre andaba brincoteando y moviéndose a ese ritmo. Hasta hablaba poniéndole ritmo a las palabras. Si él hubiera tenido un sueño habría sido ser bailarín de hip-hop en Nueva York. Si hubiera tenido un sueño, pero no lo tenía. Su vida transcurría de fin de semana en fin de semana como si esos siete días, de lunes a domingo, fueran una estación.

El día que se robaron a Paula, apagó su iPod y lo sepultó en lo profundo del bolsillo delantero de sus pantalones de mezclilla.

Ese día lo único que todos podíamos oír era el silencio de los celulares. Nada más. Era la tonada del rapto de Paula. Ésa era la canción.

9

El día siguiente fue el primero sin Paula.

El nuevo maestro tenía un enfoque totalmente distinto de su trabajo. El señor Rosa había sido diligente y había seguido el programa de la Secretaría de Educación Pública. Al maestro nuevo, Rafael de la Cruz, no le importaba. Todo lo que quería era acabar su año de servicio social y regresar a Guadalajara, su ciudad, donde vivía su prometida. En vez de tener clases, nos sentábamos a escuchar música. Llevaba un reproductor de CD y dos bocinas portátiles al salón. Nunca habíamos oído música clásica.

Cada mañana llegábamos a la escuela y nos sentábamos a nuestros pupitres a esperar a que llegara el señor De la Cruz. Siempre llegaba tarde. Cuando finalmente llegaba, a veces hasta con dos horas de retraso, entraba al salón, sacaba el reproductor de CD y las bocinas de una maletita, y decía: conque aquí siguen. Nunca supe bien qué quería decir con eso. ¿Dónde íbamos a estar?

Sólo ponía música de Chaikovski. *El lago de los cisnes* salía flotando de nuestro salón, atravesaba la selva, pasaba por encima de nuestras casas, de las colinas cubiertas de amapolas y plantas de mariguana, bajaba por la negra carretera aceitosa y cruzaba la Sierra Madre, hasta que el sonido de cisnes danzando cubría todo el país.

¡Ha de ser homosexual!, decía mi madre.

El maestro nuevo no tenía ningún interés en nosotras. A mí me caía bien. Venía a nuestra escuela, ponía música y se regresaba a su casita de un cuarto y nunca salía de allí hasta el otro día. Pero en la escuela, durante cuatro o cinco horas, nos hacía cruzar los brazos sobre nuestros pupitres blancos de plástico y apoyar la cabeza, cerrar los ojos y escuchar.

Durante estos conciertos, Estéfani se quedaba dormida y luego se quejaba de que la música le daba frío. Cuando se dio cuenta de que eso era lo único que íbamos a hacer en el año, empezó a traer una cobija a la escuela para taparse la espalda y los hombros. Conforme su madre, Augusta, se iba agravando de sida, a Estéfani le iba dando más frío. La madre le chupaba todo el calor a la hija.

A María, que era la mejor bailadora de cumbia y salsa por aquí, no le molestaba oír esa música. Mientras no tuviera que estudiar matemáticas, era feliz.

En esas mañanas yo apoyaba la cabeza en los brazos y cerraba los ojos. Dentro de la música de Chaikovski, oí la tierra temblar bajo el suelo. Oí las raíces de los árboles extenderse subterráneamente. Oí las amapolas abrir sus pétalos.

Andaba atenta a la voz de Paula, pero no oía nada.

Estaba segura de que estaría muerta. Todas dábamos por seguro que estaría muerta. Así que cuando regresó, mi madre dijo: válgame, se abrió el ataúd y ésta se salió caminando.

Aquél fue el último año que fuimos a la escuela. Un certificado de primaria era la puerta de salida de la infancia. Lo cierto es que algunas teníamos doce, trece o hasta catorce años cuando esto pasó porque graduarse tomaba una eternidad. Había años en que los maestros simplemente se daban por vencidos y se marchaban a medio curso o años en que los maestros ni siquiera llegaban.

La única razón por la que nos graduamos fue que al señor De la Cruz no le importaba si sabíamos algo o no. Anunció que no iba a haber exámenes finales y firmó los diplomas y se largó de ahí lo más pronto que pudo. Yo no tenía la menor duda de que él contaba como un gran triunfo haber dejado nuestra comarca sin un balazo en el cuerpo.

Ahora que se había acabado la escuela teníamos que pensar qué haríamos. Estéfani sabía que no le quedaba otra. Se iba a pasar los próximos años viendo morir a su madre. María iba a esperar a ver qué pasaba. Mike llevaba más dinero a casa y presionaba para que su madre y María dejaran la montaña y se fueran a vivir a Acapulco. Decía que iba a comprarles una casa. Nadie preguntó siquiera qué iba a hacer Paula, pues ahora vivía como un bebé y se pasaba el día encerrada en su casa.

A mí mi madre me dijo: tú no vas a vender iguanas a la orilla de la carretera. No vas a ir a la academia de belleza en Acapulco. No te vas a ir de sirvienta a la Ciudad de México. No vas a trabajar en una maquiladora en la frontera. No te vas a quedar aquí sin hacer nada y más te vale que no te embaraces porque te mato.

Un día mi madre y yo estábamos arriba en el claro cuando Mike llegó y se acercó a nosotras. Literalmente parecía saltar al ritmo de la música de los celulares en todos sus bolsillos, que sonaban y repiqueteaban y tintineaban y zumbaban. No se quedaba quieto y se retorcía dentro de sí como si los huesos se pavonearan dentro de la ropa de su piel. Cuando era niño siempre traía a su mascota, una iguana, amarrada con un cordón. Se le partió el alma cuando su madre cocinó a la iguana en una olla con zanahorias y papas.

De uno de sus bolsillos Mike sacó una cadena de oro y se la dio a mi madre. Siempre había querido regalarle algo bonito, Rita, dijo. Ya tiene bastante cosa fea en su casa.

Mike dijo que sabía de una familia en Acapulco que necesitaba ayuda con su hijito y estaba buscando niñera.

Perfecto, dijo mi madre. Es perfecto para ti, Ladydi.

Vas a tener que vivir en Acapulco casi toda la semana, explicó Mike. Vas a ganar un buen dinerito. Estas personas son ricas, ricas, ricas. Mike enfatizó la palabra ricas tronando los dedos tres veces: chas, chas, chas.

Mi madre se incorporó cuando oyó que la familia era rica. Supe que estaba pensando en todas las cosas que me podría robar y traer a casa. En el espejo de sus ojos, yo estaba llenando mi bolsa con un lápiz labial y una botella de shampoo.

Yo sabía lo que significaba irme. Sabía que mi madre se quedaría dormida con la quijada caída y boquiabierta. La televisión estaría puesta en el History Channel y las palabras sobre castillos en Francia o la historia del ajedrez llenarían la habitación. Estaría rodeada de botellas de cerveza vacías. Largas hormigas negras entrarían y saldrían arrastrándose de su boca y no habría ninguna hija por ahí para quitárselas.

Sí, le dije a Mike. Sí.

Cuando mi madre y yo nos fuimos del claro y regresamos caminando juntas a casa pasamos por el árbol donde habíamos sepultado el cadáver hacía años, antes de que se robaran a Paula. Nunca supimos quién era ese joven. Nunca vino nadie a preguntar. La selva tiene orejas por todos lados, decía mi madre. Aquí no hay secretos.

Esa tarde me enteré de lo que le había pasado a Paula.

Yo iba por el camino de la escuela cuando me la topé. Estaba sentada debajo de un árbol, en el suelo, cosa que nunca hacíamos. En nuestra montaña siempre colocábamos algo entre nuestra piel y la tierra.

Traía un vestido largo que la cubría como una tienda de campaña. Yo sabía que los insectos se le estaban subiendo por las piernas desnudas bajo la tela.

Sentí la tierra tibia y negra bajo mis pies.

El suelo nos había reunido.

Quise tomar su mano. Ella agachaba el rostro, veía algo en su regazo.

Caminé lentamente hacia ella, como había aprendido a caminar cuando quería atrapar una pequeña culebra rayada o una iguana bebé. Al acercarme, mi cuerpo se interpuso entre su cuerpo y el sol y la cubrí con el eclipse de mi sombra.

Levantó la vista y me senté junto a ella en la tierra. Sabía que al minuto iba a estarme sacudiendo hormigas negras y rojas de la piel. El vestido de Paula estaba cubierto de hormigas negras pululando por todos lados. Algunas ya habían migrado subiendo por su ropa, y andaban alrededor de su cuello y detrás de sus orejas. Ella no se las quitaba.

¿No te da lástima Britney Spears?, dijo Paula.

Traía arremangadas las largas mangas de su vestido. En su brazo izquierdo, en la parte interna donde la piel es pálida y delgada como cáscara de guayaba, vi una sucesión de quemaduras de cigarro, círculos, bolitas, círculos rosas.

Sabes, continuó Paula, Britney tiene muchos tatuajes.

¿Sí? No, no sabía.

Uy, sí. Tiene un hada y una margarita chiquita alrededor del dedo del pie.

No, no sabía.

Y tiene una mariposa y otra flor y una estrellita en la mano derecha.

Ah. ¿De veras?

Sí. Su cuerpo es como un jardín.

¿Sabes quién soy?, pregunté.

Uy, sí, claro. Eres Ladydi.

Le sacudí algunas hormigas de las piernas y los brazos. Levántate, dije. Las hormigas te van a comer viva si te quedas ahí sentada.

¿Las hormigas?

¿Tu mamá sabe dónde estás?

La tomé de las muñecas y la ayudé a levantarse. Te llevo a tu casa, dije.

Déjame estar contigo otro ratito. Me caes bien, dijo Paula. Eres linda conmigo.

La tomé de la mano y caminé con ella hacia un tronco a unos cuantos pasos.

No podemos sentarnos en el suelo, dije.

Nos sentamos una al lado de la otra, mirando hacia delante como si fuéramos en un autobús por una carretera. Puse su mano en la mía y miré las marcas de quemaduras de cigarro en la piel delgada de la parte interna de su brazo.

He visto tigres y leones, dijo. De a de veras. No era un zoológico.

Cuéntame.

En ese lugar tenían un garaje para los coches y otro garaje para los animales.

Me puedes contar.

Paula describió el rancho. Era en el norte de México, en el estado de Tamaulipas, justo en la frontera con Estados Unidos. Un importante narcotraficante, apodado el McClane en honor al personaje de Bruce Willis en la película *Duro de matar*, vivía con su esposa y sus cuatro hijos. El McClane había sido policía.

Yo era su esclava-amante, dijo Paula.

¿Esclava-amante?

Sí. Así nos decíamos. Todas.

En una punta del rancho había un garaje que albergaba los autos del McClane, que incluían cuatro BMW, dos Jaguar y varias pickups y camionetas. Junto al garaje había unos cuartos de cemento que alojaban a un león y tres tigres. Los cuidadores le contaron a Paula que los animales habían sido comprados a zoológicos en Estados Unidos. La propiedad también tenía su propio cementerio, pequeño, con cuatro grandes mausoleos del tamaño de casas chicas. Cada mausoleo incluso tenía baño.

No era un zoológico. Todos los días el excremento de león y de tigre se recogía y se empaquetaba en los cargamentos de droga que iban a Estados Unidos. Esta estrategia evitaba que los perros que detectan drogas en la frontera se acercaran a los cargamentos.

El trabajo de Paula en el rancho consistía en acostarse con el McClane de vez en cuando y ayudar a empacar las drogas con excremento de león y de tigre o embarrar una delgada capa del excremento por fuera de los paquetes de plástico.

Alguien me dijo que les daban de comer carne humana, dijo Paula.

Mientras estuvimos sentadas en el tronco tomadas de la mano el cielo se empezó a oscurecer. En el crepúsculo, pequeñas nubes de mosquitos nos empezaron a rodear, pero como Paula seguía hablando me quedé ahí sentada y dejé que me picaran. Ella parecía no advertir la presencia de insectos reptando sobre su piel ni picándola.

No hace falta que te diga que en el camino fui una botella de plástico con agua, ¿verdad?, dijo Paula. Fui una cosa que cualquiera podía agarrar y darle un trago.

Meneé la cabeza. No, no.

Esos tipos que me robaron eran de Matamoros. Me llevaron al norte a una fiesta. Era el cumpleaños de la hija del McClane. Cumplía quince.

Para la fiesta rentaron un circo entero. Montaron varias carpas grandes en un terreno a un lado de la casa del rancho. Un hombre andaba regalando nubes de algodón de azúcar rosa en palitos de madera. Había una banda y una gran pista de baile.

Paula fue llevada a una de las carpas que se habían montado muy lejos de la fiesta. Apenas alcanzaba a oír a la banda. Dentro de la carpa había unos cuantos hombres y más de treinta mujeres. Había hileras de sillas de plástico de un lado de la carpa. En medio del espacio abierto había una mesa con cocas, cervezas, vasos de plástico y platos de papel con alteros de cacahuates cubiertos de chile rojo en polvo. Las mujeres en la carpa habían sido robadas. Los narcotraficantes, que habían matado a los perros de la mamá de Paula y se la habían robado a ella desnuda y envuelta en una toalla blanca, ahora la iban a vender.

El McClane estaba en la carpa. Miró a las mujeres y les pidió que sonrieran. Quería verles los dientes. Pero a Paula no le revisó la boca.

El McClane escogió a Paula. Escogió a la chica más hermosa

de México. Ella hubiera podido ser una leyenda. Su rostro debió haber estado en las portadas de revistas. Tendrían que haberle compuesto canciones de amor.

En el tronco a mi lado, Paula seguía viendo hacia el frente mientras hablaba. Cuando parecía haberse cansado, continuó su relato sólo como una mezcla de impresiones.

No necesitas saber cómo salía el sol ni cómo se ponía, dijo. No necesitas saber lo que yo comía ni dónde dormía. Necesitas saber que el McClane tenía más de doscientos pares de botas. Estaban hechas de toda clase de animales y reptiles que había en el arca de Noé. Tenía un par hecho de penes de burro. Otro par que le gustaba ponerse los domingos. Eran color amarillo pálido y todos decían que estaban hechas de piel humana.

Los recuerdos de Paula salieron en tropel como si hubiera hecho una lista con un lápiz en una hoja. Dijo que la hija del McClane tenía más de doscientas Barbies. Una muñeca estaba bañada en oro y tenía esmeraldas verdes de verdad en los ojos. El McClane tenía una caja llena de plumas de los gallos de pelea que criaba. El McClane tenía una cicatriz que le cruzaba la panza como si un mago casi lo hubiera cortado en dos. Sus hijos tenían sus propios coches de juguete. Eran coches de verdad, sólo que en miniatura, y hasta funcionaban con gasolina. El rancho tenía una gasolinera en miniatura con una tienda OXXO en miniatura al lado.

Las mujeres que Paula conoció en la carpa, y que vio en otras ocasiones en fiestas, eran Gloria, Aurora, Isabel, Esperanza, Lupe, Lola, Claudia y Mercedes.

¿Quiénes son esas mujeres?, pregunté.

Uy, muchachas como yo, dijo. Y la hija tenía una casita para jugar con excusados que funcionaban.

¿Cuánto costaste?

Uy, fui un regalo.

¿Por qué tienes esas quemaduras de cigarro en el brazo?

Uy, pero todas las tenemos, Ladydi. Miró la parte interna de su brazo, estirándolo al frente como si me estuviera mostrando la página de un libro.

Si fuiste robada, te quemas la parte de adentro del brazo izquierdo con cigarros.

¿Por qué? No entiendo.

¿Estás loca?, preguntó. ¿Eres estúpida?

Lo siento.

Una mujer lo decidió hace mucho, mucho tiempo y ahora todas lo hacemos, dijo. Si nos encuentran muertas en algún lado todo el mundo sabrá que éramos robadas. Es nuestra marca. Mis quemaduras de cigarro son un mensaje.

Miré el diseño de círculos en el brazo, que ella seguía extendiendo, como un remo metido en el aire de la selva.

Si quieres que la gente sepa que eras tú. Si no, ¿cómo nos van a encontrar nuestras madres?

Estaba casi oscuro.

Ya nos tenemos que ir, dije. Ven conmigo. Yo te llevo.

Su madre estaba parada en la puerta, esperando. Traía un biberón lleno de leche en la mano.

Ya es hora de que se acueste mi nena, dijo Concha. ¿Qué rayos andabas haciendo afuera en la selva?

Paula no respondió y se metió directo a la casa.

Su madre me encaminó hasta la orilla de su predio.

¿Te dijo algo?, preguntó. No le cuentes nada a nadie, dijo presa del pánico. ¿Cómo supieron que estaba aquí? ¿Quién estuvo vigilando y sabía que acá arriba vivía una muchacha hermosa? Vinieron por ella. Sabían a lo que venían. Si saben que regresó, si se enteran, van a volver por ella. Nos tenemos que ir. No hay tiempo. Dentro de un día a lo mucho. Lo he estado planeando. Ladydi, nos vamos a escapar. ¿Qué te contó?

Me contó lo de las quemaduras de cigarro.

¿Te contó que ella misma se las hizo? ¿Te contó que todas las mujeres raptadas hacen eso?

Asentí.

¿Tú lo crees?, preguntó Concha. Yo no me lo creo para nada. No me puedo ni imaginar quemarme yo misma. Es imposible.

Sí. Yo sí lo creo.

En ese momento Paula apareció detrás de su madre. Era como una criatura blanca y vaporosa. Traía un biberón en la mano. Estaba desnuda. En la oscuridad, bajo un río de luz de luna, pude ver sus pezones y sus pechos, el vello negro entre sus piernas y la constelación de quemaduras de cigarro por todo su cuerpo. Podía ver las estrellas de quemadura de cigarro que formaban Orión y Tauro. Hasta sus pies estaban cubiertos de quemaduras redondas. Paula había atravesado la Vía Láctea caminando y cada estrella le había quemado el cuerpo.

10

Concha se dio la vuelta y cargó a Paula en sus brazos como si fuera una niña de cuatro años y la llevó al interior de la casa. Ésa fue la última vez que vi a Concha y a Paula en mi vida.

Supimos que se habían ido cuando los tres perros de Concha aparecieron cerca de nuestra casa buscando comida. Eran perros callejeros que Concha había recogido después de que sus otros perros fueron masacrados el día que se robaron a Paula.

¿Por qué no mató a esos malditos perros antes de irse?, dijo mi madre. Nosotras no los vamos a cuidar. No les vayas a dar de comer Ladydi, ¿me oyes?

Fuimos a casa de Paula a ver si se habían marchado o no.

Al llegar a la casita de dos cuartos todo se veía como si Paula y su madre estuvieran a punto de regresar.

Sí, dijo mi madre. Así se desaparece: como si fueras a aparecer.

Había un cartón lleno de leche fresca en la mesita de la cocina y la televisión estaba prendida. El sonido de las noticias de Acapulco llenaba la habitación: se había registrado una balacera en un bar. Se estaban construyendo dos morgues nuevas. Habían encontrado una cabeza cercenada en la playa.

Mi madre empezó a fisgonear por la casa y era esa clase de fisgoneo que yo conocía tan bien. Agarró una botella de tequila que estaba a medias, una cafetera eléctrica y una bolsa grande de papas fritas.

Tú ve a asomarte al cuarto de Paula a ver qué dejó. A lo mejor hay unos pantalones de mezclilla o camisetas que te sirvan, dijo.

Ahí estaba su camita, levantada del piso con alteros de ladrillos, que mantenían alejadas a las cucarachas tamaño ratón que se arrastraban por el suelo en la noche. La pared estaba cubierta de docenas de clavos enormes y gruesos en los que colgaba su ropa, de modo que su pared parecía un collage de telas. Pude ver que debajo de la cama había alineados varios pares de chancletas de plástico y unos tenis. Había dos biberones vacíos encima de la almohada y una caja de zapatos en la cama.

Abrí la caja de zapatos.

El calor de la selva me llenó la boca. Hormigas y arañas corrían por mis venas.

Había unas cuantas fotografías en la caja de zapatos. Miré a lo profundo de los pequeños ojos negros del hombre que había exprimido a la dulce niña del cuerpo de Paula. Eran fotos de un hombre con su familia. El hombre estaba vestido con una camisa de cuadros rojos y blancos, pantalones de mezclilla y un cinturón de cuero ancho con una hebilla ovalada de plata. También traía botas vaqueras negras de tacón alto. Era gente del norte de México. Su ropa así lo certificaba. Era el McClane.

Saqué las fotografías de la caja y me las metí en los pantalones. Al fondo de la caja había una libretita, que me guardé en el bolsillo trasero.

Mi madre apareció en la puerta.

Es horrible pensarlo, pero alguien ha de haber estado vigilando a Paula por años, dijo mi madre. Nomás viéndola crecer.

Traía la botella de tequila en una mano y la bolsa de papas fritas en la otra.

La eligieron hace mucho tiempo, dijo mi madre. La estuvieron viendo como vemos una manzana en el árbol: la vemos crecer hasta que madura y entonces la cortamos.

Camino a casa pude sentir la delgada y seca cartulina de las fotografías metidas al frente de mis pantalones. Mi madre había dejado atrás sus sandalias planas de plástico blanco y traía las chancletas verde brillante de Concha, que tenían una flor roja de plástico en el frente. Mi madre siguió mis ojos y bajó la vista hasta sus pies.

Bueno, Ladydi, dijo, Concha ya no las va a usar, ¿verdad?

Mi madre iba cargando la botella de tequila y la bolsa de papas fritas.

Caminamos en silencio un rato y luego mi madre de repente volteó la cabeza y escupió en el suelo.

Si alguien quisiera crear un símbolo o una bandera de nuestro pedazo de tierra en el mundo, debería ser la chancleta de plástico, dijo.

Cuando llegamos a casa la puerta estaba abierta y Mike adentro, esperándonos sentado. Se me hizo raro que estuviera adentro. La gente no hacía eso. No se metía a una casa y se sentaba cuando no había nadie. Nuestra casa incluso estaba saturada del olor de su colonia, que era mentolada, como a chicle.

Estaba sentado en la cocina con la puerta del refrigerador bien abierta, como alguien sentado frente a una chimenea. Dos teléfonos reposaban en su muslo. Noté que Mike se había empezado a dejar crecer el pelo, que desde hacía unos años había traído rapado, de modo que se veía como si le estuvieran saliendo matitas tupidas de hierba negra por toda la cabeza.

¿Y luego, te confundiste y pensaste que ésta era tu casa?, le dijo mi madre a Mike.

Dejó el tequila y las papas fritas en la mesa de la cocina.

¡Cierra esa puerta!, ordenó.

Pero no se enoje, Madrecita, dijo él, levantándose rápidamente y cerrando la puerta del refrigerador de un manotazo.

A todas las mujeres mayores de nuestro cerro Mike les decía Madrecita. Hasta a mi madre, que no aceptaba dulzura de nadie, parecía gustarle. Yo sabía que ella estaba a punto de gritarle por haberse metido a nuestra casa, ponerse a husmear y haber abierto el refrigerador, pero la palabra Madrecita la hizo desistir. Era como si las palabras la acariciaran y pudieran hacerla ronronear.

En la montaña un refrigerador era nuestro más importante electrodoméstico o mueble, o como se diga. Era nuestra puerta al Polo Norte, a los osos polares, a las focas y a los glaciares. En los días calurosos todos se sentaban frente a él con la puerta bien abierta. En el día, metíamos las almohadas para refrescarlas. Las almohadas de algodón reposaban entre latas de cerveza, un cartón de huevos y paquetes de queso envueltos en plástico. En la noche, durante una hora más o menos, nuestras cabezas descansaban sobre algodón fresco. Cuando un lado de la almohada se calentaba, le dábamos la vuelta y ya. La almohada nos refrescaba la mente y los sueños. Mi madre había inventado esa idea. En la montaña todo el mundo lo hacía.

El refrigerador era una de las principales cosas a las que le rezaba mi madre. Decía que una cerveza fría podía hacerte amar a un refrigerador.

Mi madre se sirvió un vasito de tequila y abrió la bolsa de papas fritas con los dientes.

Bueno, ¿y qué hay?, le preguntó a Mike.

Mike explicó que me esperaría en la carretera el lunes en la mañana, que era dentro de dos días, y que tomaríamos juntos el autobús a Acapulco. Yo tenía una cita a las once de la mañana para conocer a la familia con la que iba a trabajar. Debía empacar una maleta e ir preparada para quedarme allá.

Dejé a mi madre bebiendo en nuestra casita y encaminé a Mike a la carretera. Quería preguntarle por María. Ahora que ya no íbamos a la escuela, rara vez la veía. No me gustaba ir a su casa porque era difícil afrontar el hecho de que su madre, Luz, había sido amante de mi padre. En la montaña todo el mundo sabía del escándalo y Mike sabía, por supuesto, como sabía todo de todos. La única persona que no sabía quién era ella misma, era María. La única persona que no sabía que su labio leporino había sido una maldición de Dios era María. Yo quería decirle que era mi media hermana para que me quisiera aún más como hermana, pero me daba mucho miedo que me odiara si llegaba a saber la verdad.

Le dije a Mike que le dijera a María que quería verla. Le pedí que le dijera que la esperaba en la escuela esa tarde.

Mike bajó por la montaña brincoteando al ritmo de tres celulares que de pronto empezaron a sonar al mismo tiempo. Era como si la zona muerta de recepción se hubiera abierto en el aire y la señal telefónica le hubiera caído como un rayo.

Cuando me di la vuelta para regresar a mi casa, recordé las fotografías que traía en los bolsillos de mis pantalones. Metí la mano y las saqué, eran cuadradas y estaban impresas en cartulina delgada.

Eran seis fotografías. Una era de un hombre, que supuse sería el McClane, parado en una pista de aterrizaje junto a una avioneta. Otras dos eran de mujeres en grupos y de pie contra una pared. Paula estaba en ambas. Una más era del McClane parado frente a una fila de armaduras medievales. Parecía que estaba dentro de un castillo.

Las últimas dos fotografías eran de un remolque para caballos grande color rojo. Era una unidad portátil capaz de transportar dos o tres caballos, de esas que pueden ser jaladas por una pickup o camioneta. Una de las fotografías había sido tomada con cuidado para mostrar la sangre que escurría por la puerta.

Cuando regresé a casa, mi madre estaba matando moscas frenéticamente con un matamoscas. Había hecho tanto calor el último mes que había una plaga de moscas. Eran de las moscas gordas, jugosas, con pelitos erizados en la espalda. Cuando esta mosca pica deja una gran roncha roja y que duele por días. Había manchas negras, sangrientas, por toda la mesa y el piso de nuestra cocina.

Híncate y reza por el matamoscas, dijo mi madre. ¿Quién dejó la chingada puerta abierta?

Ya sabes, dije.

Mi madre me miró, me miró feo, y siguió matando moscas. Reconocí el matamoscas que se había robado de casa de los Reyes hacía por lo menos dos años. Reza por el matamoscas, dijo.

Mi madre odiaba esas moscas pero le encantaba matarlas. Había una feliz masacre en aquella cocinita.

Ella sabía, lo que sabemos todos, que las moscas siempre ganan.

Pasé corriendo delante de mi madre y de las rojinegras moscas muertas, y escondí las fotografías de Paula en mi dormitorio debajo del colchón.

Cuando salí otra vez a la cocina, mi madre estaba sentada a la mesa con el matamoscas en el regazo. Había trozos sangrientos de moscas aplastadas incrustados en la red de plástico. Ella le estaba dando un buen trago, de casi media botella, a una cerveza. Luego se despegó la botella de los labios. Hizo un sonido hueco de succión.

Me senté en medio de la masacre.

Estoy tan encabronada, dijo mi madre.

¿Qué pasó?

¡En la televisión estaban hablando de una revista que va a publicar un artículo sobre lo que es ser mujer!

¿Y?

Yo les diría la verdad.

¿Cuál es la verdad, mamá?

El mundo de una mujer está en sus calzones.

¿Sí?

¿Tú crees que esas escritoras de la Ciudad de México van a escribir sobre la tristeza? Sí, la tristeza cuando te das cuenta que tienes sangre allí y eso sólo significa una cosa. ¡Que estás empezando a perder a tu bebé!

¿Qué estás diciendo, mamá?, pregunté.

Entre la masacre de moscas y sus desvaríos sobre calzones, me preocupé por ella. La mirada en sus ojos me recordaba la expresión que había tenido cuando nuestra montaña fue golpeada por un fuerte terremoto. Luego, después del terremoto, después de que todo había pasado, ella dijo que tendríamos que haberlo sabido.

Dos semanas antes del terremoto, nuestra casita de dos cuartos había sido invadida por todas las criaturas a la redonda. Viudas negras, tarántulas rojas, y alacranes blancos transparentes y cafés empezaron a salir por todos lados. Hormigas rojas se arrastraban por el techo. Encontramos un nido de serpientes, como un nudo de listones negros, detrás de la televisión.

La reacción de mi madre fue ver la televisión día y noche. No cocinaba y yo tenía que ponerme a buscar alguna tortilla dura y queso o abrir una lata de atún, que normalmente nunca comíamos porque un día ella determinó que sabía a comida de gato. Mi madre veía la televisión porque era la única manera de salir de nuestra montaña.

Mientras yo mataba todos los insectos que podía y comía tiras de mango seco, ella viajaba a Petra y visitaba a una familia de beduinos que habían sido expulsados de su cueva y ahora vivían en Villa Beduina, que era una vivienda pública de cemento. Tenían un camello que vivía en el garaje de cemento. Mi madre viajaba a la India, donde veía a turistas a los que les hacían intervenciones quirúrgicas baratas. Vio el concurso de Miss Universo. En el History Channel se sopló seis episodios sobre las esposas de Enrique VIII.

En uno de esos días preterremoto un borrego perdido apareció a nuestra puerta. Yo había salido para alejarme de la televisión y de mi madre y ahí estaba, sentado en el suelo a la sombra del papayo.

Cuando entré a contárselo a mi madre, se me quedó viendo con ojos penetrantes y dijo: y luego me vas a decir que María y José están afuera pidiendo posada.

Eran las primeras palabras que decía en días. Pero luego se volteó para seguir viendo un programa sobre objetos que se han encontrado en las panzas de tiburones muertos. Un hombre le estaba abriendo la panza a un tiburón en la cubierta de un barco y sacando un anillo de bodas.

Salí y le di al borrego un poco de agua. El animal la lamió con su lengüita. Era la primera vez que veía unos ojos azules en la vida real y no en televisión.

Cuando volví a entrar a la casa, el borrego me siguió.

Mi madre volteó a verlo y dijo: eso no es un borrego, Lady, es un cordero, y está listo para el matadero.

Yo no estaba muy segura de qué quería decir. Quizá quería decir que íbamos a matar al cordero y nos lo íbamos a cenar, o a lo mejor le había dado por los dichos bíblicos ahora que nos habíamos convertido en un arca de Noé para insectos.

Como había mirado en los ojos azules del animal, sabía que no me lo podría comer. Acabé por correrlo de la casa y montaña abajo. Esperaba que ningún autobús plateado de camino a Acapulco lo fuera a atropellar.

El motivo de toda esta locura en la montaña era el terremoto. En las noticias, oímos que el epicentro había sido en las inmediaciones del puerto de Acapulco.

Pues ahí estamos, dijo mi madre emocionada. ¡Vivimos afuera del puerto de Acapulco! ¡Por supuesto que fue aquí mismo, debajo de nosotras!

El terremoto pegó a las siete y media esa mañana. Estábamos desayunando cuando nuestra casa de dos cuartos empezó a temblar. Afuera, vimos el suelo moverse en olas como si fuera de agua.

El día que mi madre mató las moscas, desvarió sobre rezarle a los calzones, y estuvo bebiendo demasiado, me dio miedo. Se estaba quebrando y yo podía ver sus fragmentos.

¿Qué me estás tratando de decir, mamá?, dije. Habla claro.

Mi madre echó la cabeza hacia atrás y puso los ojos en blanco.

Sí, sí, sí. Había días que me jalaba, me arrancaba con los dientes la piel de alrededor de las uñas y te la daba de comer.

¿Hablas en serio?

No tenías ni un año. La revolvía en el arroz. ¿Qué querías que hiciera? Hay mujeres que se han cortado tajadas de piel de sus cuerpos para alimentar a sus hijos. Lo oí en la tele.

Carajo, mamá, dije.

¿Qué diferencia hay entre eso y la leche materna? ¿Me dices?

No, mamá, dije. ¡Esas escritoras elegantes de la Ciudad de México no van a escribir sobre eso!

Sólo Dios sabe si algo de aquello era cierto. Mi madre colocaba mentir en la misma categoría que robar. ¿Por qué decir la verdad si se podía mentir? Ésa era su filosofía. Si mi madre tomaba el autobús, decía que había tomado un taxi.

Iba a ser una larga tarde hasta que perdiera el conocimiento. La botella de tequila de casa de Paula ya estaba vacía. Mi madre se levantó y sacó otra cerveza del refrigerador.

Yo las maté, dijo, te toca limpiarlas.

Agarré un trapo viejo junto al fregadero y empecé a limpiar las moscas muertas de las sillas, mesas y paredes.

Horas después, cuando salí para ir a ver a María a la escuela, mi madre iba en su quinta cerveza. Estaba acostada en la cama abanicándose con un pedazo de cartón que le había arrancado a una caja de corn flakes. Tenía la televisión a todo volumen. Briaga como estaba, veía un programa sobre animales salvajes del Amazonas.

¿Por qué NatGeo no viene aquí a filmar nuestra montaña?, preguntó.

Cuando me alejaba de la casa, me detuve y la volteé a ver.

Nuestra pequeña estructura de dos cuartos tenía largas varillas oxidadas saliendo hacia un segundo piso que nunca se construyó. Todas las casas de la montaña estaban así. Construíamos con el sueño de un segundo piso. Pero, en vez de segundos pisos, teníamos antenas parabólicas. Si nuestra montaña se pudiera ver desde el espacio, se veía como una tierra blanca hecha de miles de paraguas abiertos.

María estaba en el salón de clases. Se había sentado en su viejo pupitre y parecía un retrato de nuestra niñez. Traía el pelo recogido en un chongo redondo encima de su cabeza. Lo llamábamos su peinado de cebolla. Lo traía tan restirado que no podía ni parpadear bien.

Cada vez que la veía, y veía a mi padre en su rostro, tenía que contenerme para no decirle la verdad. A veces hasta pensaba que la única razón por la que podía recordar qué aspecto tenía mi padre era porque allí estaba María para recordármelo. Cuando mi madre se enteró de que mi padre tenía otra familia del otro lado, quemó todas sus fotografías en la estufa, como tortillas. Una tras otra se fueron enrollando y tostando en la estufa hasta convertirse en ceniza negra y gris. Vi su sonrisa de Sinatra y mis pasteles y mis globos de cumpleaños salir flotando por la puerta convertidos en humo.

La cicatriz del labio leporino de María se había desvanecido. Pero cuando yo veía su cara siempre veía su cara de antes, la vulnerable cara de antes que era mítica y dolorosa. La cicatriz había desaparecido, pero el labio leporino seguía definiendo quién era ella.

Me senté en mi antiguo pupitre justo al lado del suyo. Nos habíamos sentado así por años. Nuestros codos secos y rasposos de chamaquillas se tocaban cuando practicábamos la caligrafía y los números. En este salón habíamos podido dejar nuestros hogares y la selva, y soñar con una vida diferente.

María me contó que Augusta, la madre de Estéfani, ardía en calentura y que mañana en la mañana se iban a la Ciudad de México, donde había una organización de beneficencia para enfermos de sida que le daba las pastillas que necesitaba. Augusta ya llevaba más de seis años enferma y estos viajes de ida y vuelta a la ciudad se habían vuelto rutinarios.

Le conté a María que Paula y Concha se habían ido de la montaña para siempre.

Le conté a María de las fotografías. Cuando María oyó lo de las fotografías se sobresaltó.

¿Ruth?, dijo María. ¿Preguntaste por Ruth?

En la montaña todo el mundo estaba convencido de que la desaparición de Ruth y el rapto de Paula estaban relacionados.

Negué con la cabeza.

No pregunté. Lo siento, dije.

Vi a María tallarse con el dedo la cicatriz del labio. El día de la cirugía había visto a mi madre y a Ruth fumarse una cajetilla entera de cigarros Salem. El humo mentolado inundó el salón de belleza. Cuando éramos chiquitas María y yo nos robábamos las colillas del cenicero de Ruth y succionábamos los filtros como si fueran Halls mentolados. Podía saborear los filtros de menta al ver la cara de María.

¿Las viste con cuidado? ¿Te fijaste si alguna de las mujeres en las fotos era Ruth?

No.

Vámonos.

Nos pusimos de pie y con aplomo salimos de la escuela hacia

mi casa. Caminábamos rápido, casi saltando, llenas de esperanza de encontrar la cara de Ruth en las fotografías. En nuestro estúpido sueño corrimos por la selva rebosantes de una tonta alegría.

Fue así de rápido, rápido como un brazo que se vuelve serpiente. Su brazo se movió. Vi la sombra en la pared, y luego tan rápido como cuando un alacrán levanta la cola o una iguana suelta un lengüetazo a la nube como colmena de mosquitos. Así de rápido. Mi madre tenía la pistolita plateada en la mano y todo estaba hecho. Fue como si la Sierra Madre entera se acallara. Oí el ruido de hueso triturado y ése era un sonido que nunca antes había oído.

Oí el crujido de hueso triturado cuando la bala le entró a María, a mi media hermana, a la otra hija de mi padre, a la hija que era su vivo retrato.

Eso puede pasar después de diez botellas de cerveza mezcladas con tequila. Si le hubieran sacado sangre a mi madre con una jeringa, la sangre habría sido amarilla. Si hubieran puesto la sangre en un tubo de ensayo para verla a contraluz habría sido cerveza Corona pura. Pero en nuestra montaña nadie iba a hacer ningún análisis ni iba a llamar a la policía.

Llamar a la policía era como invitar a un alacrán a tu casa. ¿Quién hace eso?, decía siempre mi madre.

¿Qué le pasó a mi madre aquella tarde? La luz suspendía ese momento entre la tarde y el crepúsculo. En esa luz, que casi no es luz, ¿quién hizo que mi madre pensara que había llegado al límite?

Me arrodillé junto a María y vi el rostro de mi padre. Vi su rostro y era como ver un lago. Bajo la superficie, podía ver un lecho de piedras y peces plateados, podía ver su cara partida, las puntadas y cicatrices de su labio leporino.

Pude sentir la tibia sangre en mis manos cuando le abrí la ropa para ver la herida.

Cuando María abrió los ojos nos miramos.

¿Qué fue eso?, preguntó.

¿De dónde diablos sacaste esa pistola, mamá?, le espeté a mi madre mientras colocaba la mano alrededor de la cintura de María.

Mike.

Quise aferrarme a mi madre al ver que se desvanecía y se iba de este planeta para siempre justo cuando la sangre de María bautizaba nuestro pedazo de selva.

Llévame a un minuto atrás; regrésame a hace un minuto, dijo mi madre.

En su mente los relojes retrocedían. Regrésale, estaba ella pensando. Pícale al botón de regresar.

Mi madre siempre me había dicho que la muerte llega a tiempo y nunca tarde.

El cuarto se oscureció por una nube moviéndose en el cielo. Pude oír el sonido de un perico afuera de la casa.

Al sentarse en el piso como bulto mi madre dijo: va a estar bien. Sólo fue un rasguño.

Envolví el brazo de María con un trapo para secar platos y la abracé de la cintura. Juntas salimos trastabillando de la casa y bajamos nuestra montaña.

En la carretera no había nadie. Unos autobuses grandes pasaron a toda velocidad. El asfalto negro ardía bajo nuestras chancletas de plástico y el calor hacía que el aceite de coche en el camino se pusiera azulado y verdoso.

Después de estar paradas por veinte minutos en ese calor del demonio pasaron varios taxis, pero parecía eterno lograr que alguno nos quisiera llevar al hospital. Ningún taxista quiere sangre en su coche. En cuanto yo decía que íbamos al hospital, volteaban a ver la cara de María. Cuando sus ojos seguían su cara y bajaban hasta el brazo, que estaba envuelto en un trapo de cocina, los taxistas pisaban el acelerador y se esfumaban. En Guerrero hay taxis que traen un letrero de cartón en el tablero que dice: «No subimos cuerpos con sangre».

Yo me la pasaba volteando a ver el brazo de María esperando que el trapo pudiera contener o incluso detener la hemorragia.

Un taxista finalmente accedió a llevarnos.

Vio el brazo de María.

No, yo no voy a subir eso aquí a menos que lo cubras con una bolsa de plástico, dijo.

Abrió la guantera, sacó una bolsa de plástico de supermercado y me la pasó.

Mete ahí el brazo.

¿Qué te dijo?, preguntó María.

Mete el brazo en la bolsa o aquí no te subes.

Cuidadosamente, tomé el brazo herido de María y lo coloqué en la bolsa de supermercado como si fuera una pierna de cordero.

Okey, su brazo está en la bolsa, dije. ¡Vámonos!

Amárrale la punta.

¿Cómo?

Amárrala.

Con las puntas de la bolsa hice un pequeño nudo por encima del brazo. Ella me dejó hacerlo sin protestar. Era como si, ahora que mi madre le había disparado, su brazo fuera de mi familia.

¿Y a quién andabas molestando?, preguntó el taxista cuando íbamos por la carretera.

La única gente en todo México que sabía lo que estaba sucediendo en el país eran los taxistas. Si queríamos saber sobre algo que había pasado, decíamos: toma un taxi. A mí me parecía que alguien debería juntar a todos los taxistas, alguien como Jacobo Zabludovsky (el viejo periodista que mi madre juraba era la última persona noble de todo México), y preguntarles qué diablos estaba ocurriendo en nuestro país. Mi madre siempre decía que había un taxista allá afuera que sabía exactamente qué les había pasado a Paula y a Ruth.

El trayecto a Acapulco duró menos de una hora. Yo quería decirle a María que ella era mi media hermana y que mi madre le había disparado porque, en su estado de ebriedad, la había confundido con nuestro padre. Pero tenía que guardar silencio porque sabía que el taxista venía parando oreja para oír las noticias.

El hombre tenía manos de boxeador: nudillos enormes cubiertos de cicatrices. Empuñaba el volante ferozmente. Hasta apagó la radio para oír cualquier información que pudiera salir del asiento de atrás.

¿Y a quién andabas molestando?, volvió a preguntar.

Decidí no responder y sostuve a María en el círculo de mi brazo.

Nos miró por el espejo retrovisor.

Te has de haber portado muy, muy mal para merecerte un balazo, ¿verdad?

Era un hombre de pelo negro rizado salpicado de canas. Al sonreír se le marcaban profundas patas de gallo.

Fue un accidente, dije.

¿Un accidente? Eso dicen todos.

Por favor.

Es una chica mala, dijo como si María no estuviera allí. La van a meter a la cárcel; sí lo sabes, ¿verdad?

Sí.

La van a meter a la cárcel. En cuanto ven una herida de bala en la sala de urgencias los doctores de allí, pues ya sabes, lo tienen que notificar a la policía. Es por ley.

Fue un accidente.

Seguro te ha de doler.

Apreté los labios. Su cara no dejaba de verme por el espejo retrovisor. Yo tenía que estar desviando la mirada. Me venía viendo a mí más que fijarse en la carretera.

Te ha de doler un montón, dijo.

Pues claro, respondí.

¿Qué, tu amiga no sabe hablar? Yo siempre he dicho que si alguien no habla es porque está ocultando algo.

Sí, le duele, dije. No puede hablar porque le duele.

¿Por qué no me enseñas tus tetitas?, dijo. Si me las enseñas te devuelvo tu dinero. Tu amiga herida no tiene que enseñarme nada, sólo tú.

A lo mejor en otra ocasión, dije.

Me recuerdas a mi hija. Eres un mazapán.

Volteé a ver a María, que estaba pálida. Pronunció casi de manera instintiva la palabra «culero».

Me recorrí para adelante en el asiento. Luego metí la mano por atrás y me levanté la falda. Me oriné en los calzones y encima de la tapicería negra del taxi. Sentí el calor mojado de mi orina rodear mis muslos desnudos. Mi madre me había enseñado sobre la venganza. Supe que habría estado orgullosa de mí.

Volteé y le sostuve el brazo a María y traté de acariciarle un poco la cabeza, lo cual se dificultaba por el tieso chongo de su peinado de cebolla. Miré su brazo en la bolsa de plástico de supermercado, pero no se estaba llenando. María me lanzó una mirada intensa e inclinó la cabeza hacia ese lado de su cuerpo. La sangre no estaba entrando en la bolsa. Por estarse sosteniendo el brazo, se le escurría hacia atrás y hacia abajo, a través del nudo, por un costado del cuerpo. Podía ver que la blusa roja de manga corta estaba empapada arriba de sus costillas.

En ese momento la cabeza de María se aflojó y se le cerraron los ojos.

Pensé que se había muerto.

María, despierta, despierta, susurré.

El taxista se volvió a vernos. Señito, ya mejor que se muera para poder tirarlas a las dos a la orilla de la carretera.

No está muerta.

Si se muere, las dejo a la orilla de la carretera. Ojalá se muera porque ya me quiero deshacer de ustedes.

Cuando vi la gigantesca bahía gris rodeada por una muralla de hoteles y condominios y olí la sal, supe que María iba a vivir. Se acurrucó contra mí, bajo mi brazo. Le besé la cabeza, que olía al grasoso aceite de coco, con amor porque era mi hermana y muy pronto lo iba a saber. Mientras yo aún tuviera el secreto, la podía querer.

Cuando vi la bahía me acordé de la primera vez que vine a Acapulco. Mi padre aún vivía con nosotras y lo fuimos a visitar al trabajo. En ese entonces era barman en un hotel pequeño. Me acuerdo que mi madre se puso muy elegante con un vestido blanco sin mangas y que dejaba ver su espalda. Traía tacones altos y lápiz labial rojo brillante. A mí también me arregló, con un vestido de verano rojo y me hizo dos trenzas.

Vamos a darle una sorpresa a tu papá y tenemos que vernos bonitas, como niñas, para la sorpresa, dijo mi madre.

Traía sus tacones en la mano y usó las chancletas para bajar a la carretera a tomar el autobús.

En el trayecto se revisó el lápiz labial en un espejito que traía en la bolsa. Sus brazos seguían ligeramente rojos en algunas partes, pues se había pasado toda la mañana arrancándose el vello negro de los antebrazos con unas pincitas para las cejas.

De la terminal de autobuses tomamos un taxi al hotel donde trabajaba mi padre.

El hotel daba a la bahía. Mi padre trabajaba en el bar que estaba junto a la alberca, bajo una espaciosa palapa. La luz del sol se colaba entre los huequitos del techo de palma y hacía brillar el vidrio de las botellas de alcohol. Yo nunca había visto una alberca. El sol de la tarde destellaba en el agua como si estuviera llena de cristales. El equipo de sonido sintonizaba una estación de radio local, que llenaba el ambiente con el sonido de cimbales, bongós y panderos.

Mi padre estaba apoyado en la barra vestido con pantalones blancos y su guayabera blanca perlada. Fumaba un cigarro. El humo del tabaco se mezclaba con el sol y la sal.

Cuando nos vio dejó el cigarro en un cenicero y abrió los brazos hacia mí. Me cargó. Olía a limones y a Alberto VO5, que se untaba en el pelo cada mañana para aplacarlo.

Me bajó y le dio el brazo a mi madre y la llevó a la barra, donde nos sentamos en unos taburetes y contemplamos la bahía. A mi madre le preparó una margarita con la orilla de la copa escarchada de sal. Le puso una sombrillita roja de papel. A mí me inventó una bebida rosa espumosa con ginger ale y jugo de naranja y le puso un agitador de plástico con forma de sirena.

Mis padres se veían hermosos con su ropa blanca, que acentuaba su piel morena. Pensé que ésa había sido la tarde más feliz de mi vida hasta que mi madre y yo tomamos el autobús para volver a casa.

Ya lo sabía, dijo, quitándose el lápiz labial con dos cuadritos de papel de baño. ¡Tu padre está teniendo una aventura con esa mesera!

Supe exactamente de quién estaba hablando.

Mi madre era muy delgada. Cuando se describía a sí misma levantaba el dedo meñique en el aire y decía: así de flaquita.

Para mí su meñique siempre sería el símbolo de su cuerpo.

La mesera traía ropa muy entallada y su vientre se le abultaba sobre los pantalones de mezclilla y los muslos le rozaban al caminar. Era una belleza. Mi padre siempre decía que una mujer tiene que ser llenita. Por mucho que mi madre trataba de engordar, no podía. Mi padre decía que abrazar a una flaca era como abrazar puro cartílago y hueso. Decía que un hombre de verdad quería un cuerpo acojinado.

Nunca dijo: tú, Rita, eres cartílago y hueso, ni Tú, Rita, tienes que engordar, ni Tú, Rita, pareces ala de pollo. Nunca era tan obvio en su crueldad.

La mujer traía unas chancletas rojas con un tacón de plástico de cinco centímetros. Nunca olvidaríamos esos zapatos.

Yo sabía que mi madre tenía razón. La mujer había sido demasiado amable y ésa es una señal segura por no decir la señal perfecta. Yo estaba esperando que sacara un caramelo en cualquier momento. Por supuesto que mi padre lo negó.

Mientras el autobús avanzaba por las oscuras montañas en el ventoso camino, alejándose de la bahía y hacia nuestra casa, sentí que el jugo de naranja me quemaba el estómago y me empecé a marear. Cuando nos bajamos del autobús, los tacones altos de los zapatos de mi madre se hundieron en el asfalto negro y caliente que era como un mar de chicle. Tuvo que levantar mucho las piernas para sacar los zapatos de la melcocha.

Aquel día marcó el principio de su ira. Su furia era una semilla que fue plantada esa tarde. Cuando le disparó a María esa semilla ya era un árbol crecido que cubría nuestras vidas con su sombra de hiel.

Cuando mi padre regresó a casa aquella noche, se encontró con que toda su ropa había sido arrojada para fuera y estaba amontonada en el suelo húmedo y caliente.

Me quedé acostada en mi cama oyéndolos hablar en susurros bajos que eran como gritos.

Algo te traías, dijo mi madre. Creí que decía.

No la riegues, dijo mi padre. Creí que decía.

Sus airados susurros formaban palabras y oraciones entrecortadas.

Voy a hablar con Dios, dijo mi madre. Creí que decía.

En la mañana mi padre estaba tomando café junto a la estufa. No traía camisa porque toda su ropa estaba botada afuera. Yo sabía que su ropa estaría cubierta de hormiguitas negras. Iba a tener que sacudirla y quitarle los insectos.

Buenos días, Ladydi, dijo.

Tenía un verdugón enorme en el hombro rodeado de incisiones. Era una mordida humana.

De ahí en adelante mi madre ya no pudo escuchar canciones

de amor. Antes de aquella noche, ella había sido un pájaro cantor. El radio estaba prendido todo el tiempo y ella se balanceaba y daba giros y piruetas con las canciones de Juan Gabriel o Luis Miguel mientras limpiaba la casa, cocinaba o planchaba las camisas blancas que mi padre usaba en el trabajo. De ahí en adelante el radio se quedó apagado y para el caso es como si hubiera apagado su propia felicidad.

Las canciones de amor me hacen sentir como una estúpida, dijo.

No eres estúpida, mamá.

Las canciones me hacen sentir como si hubiera comido demasiados dulces, coca, helado y pastel. Las canciones me hacen sentir como si viniera regresando a casa de una fiesta de cumpleaños.

Una vez, estábamos en casa de Estéfani y en el radio pusieron una canción de amor. La melodía llenó las habitaciones. Mi madre entró en pánico y salió corriendo de la casa para alejarse de la canción. Vomitó bajo un naranjo pequeño. Vomitó la melodía, los acordes, los valses y los tambores del amor. Era pura bilis de amor verde regada en el suelo verde. Corrí tras ella y le aparté el pelo de la cara mientras vomitaba.

Tu padre me mató la música, dijo.

Estar en Acapulco también me hacía pensar en la adivina que le había leído a mi madre la suerte equivocada. ¿Su suerte incluía este suceso? ¿La adivina le avisó que le iba a disparar a la hermana de su hija?

Miré por la ventana del taxi mientras avanzábamos entre las calles atestadas hacia el hospital. Vi tiendas de camisetas, puestos de tacos y restaurantes.

Acapulco también me recordaba la vez que fuimos con un cerrajero a que le cortara el anillo de bodas a mi madre. La mayoría de la gente en Guerrero no usa anillos. Las manos y los dedos se hinchan con el calor, y, una vez puesto un anillo, quizá ya nunca salga.

Después de que mi padre nos abandonó, mi madre no se quitó su delgada alianza de oro. Se le fue enterrando y se convirtió en parte de su dedo, perdida en la piel hinchada. En las noches frescas a veces alcanzaba a ver un destello de oro entre la piel abultada cuando ella picaba tomates o cebollas.

Un día vi que se pasó casi toda la mañana tratando de quitarse el anillo. Intentó usar jabón y aceite de cocina para que el dedo se le pusiera resbaloso, pero nada funcionó.

Después de varias horas dijo: vamos a Acapulco a que me corten este maldito anillo.

Sí, mamá.

Si no lo pueden cortar, pues me corto el dedo y sanseacabó.

No fue sino hasta que íbamos en el autobús camino a Acapulco que me enteré del por qué de su decisión. Su lógica bíblica no me sorprendió. Había tenido un sueño.

Mi madre creía en sus sueños como si fuera Moisés. Decía que la mayoría de los problemas que tiene la gente hoy en día son por no escuchar y no hacerle caso a sus sueños. Si hubiera soñado que venía una plaga de langostas nos hubiéramos mudado de la montaña hacía años. Qué lástima que nunca tuvo ese sueño.

Tuve un sueño con mi anillo.

El sueño contenía una revelación importante.

Si no me quito la alianza del dedo, los pájaros van a dejar de cantar, dijo. En el sueño ella estaba parada en la oscuridad y había pericos, canarios y gorriones parados en las ramas de un naranjo. Todos tenían el pico bien abierto, pero no salía ningún sonido cuando los pájaros forzaban sus cuellos para atrás y miraban al cielo.

El cerrajero le cortó el anillo a mi madre con una lima afilada. Le tomó un segundo.

He hecho esto miles de veces, dijo el cerrajero al poner el anillo, ahora cortado en dos, en la palma de la mano de mi madre.

Ella volteó a ver las dos comas de oro.

¿Y yo qué diablos voy a hacer con esto?, dijo.

El cerrajero no supo que había salvado a las aves cantoras de México.

En la sala de urgencias el brazo de María fue cosido y vendado. El doctor dijo que había tenido mucha suerte. La bala sólo le había fracturado el brazo.

Fue el día de mala buena suerte de mi madre.

Mientras los doctores estaban atendiendo a María, llegó su mamá, Luz. Eso sólo podía significar que mi madre le había contado.

Yo no podía ni mirar a Luz.

Me quedé viendo el piso de linóleo del hospital.

Yo sabía que esto era una venganza. Luz no iba a levantar cargos contra mi madre. Luz misma se la buscó. ¿Cómo se atrevía a meterse con el marido de su amiga? Era la hora del desquite y Luz tenía suerte de que su hija estuviera viva.

Si hubiésemos estado en una película, dispararle a María le habría abierto los ojos a mi madre y la habría llevado a dejar de beber. Si hubiésemos estado en una película, ella habría dedicado su vida a ayudar a alcohólicos o a mujeres maltratadas. Si hubiésemos estado en una película, Dios habría sonreído ante su arrepentimiento. Pero esto no era el cine.

11

En casa, mi madre yacía acostada en la cama bajo una sábana de algodón; la televisión, apagada. Por primera vez en años, oí el fuerte y profundo silencio de la selva. Oí grillos y oí los enjambres de mosquitos zumbando alrededor de la casa.

Su contorno bajo la tela blanca parecía una roca. En el piso, junto a la cama, había tres botellas de cerveza vacías. El vidrio café de los cascos parecía oro sumergido en la franja de luz de luna que entraba por una ventana.

Me senté en la orilla de la cama.

Pensé que era tu padre, gimoteó mi madre desde dentro de su cueva de sábana.

Ya duérmete, mamá.

De veras, de veras pensé que era tu padre, volvió a decir.

En el cuarto silencioso quise estirar la mano y alcanzar el control remoto para prender la televisión.

Yo no sabía qué hacer con esta clase de silencio.

El ruido de la televisión me había hecho sentir que estábamos en una fiesta o como si tuviéramos una familia numerosa. El ruido de la televisión eran tías y tíos y hermanos y hermanas.

El silencio de una madre y una hija solas en una montaña

donde se había cometido un delito era el silencio de las últimas dos personas sobre la Tierra.

Dejé a mi madre y me fui a mi cuartito. Me quité la camiseta, manchada con la sangre de María. Me quité la falda y los calzones, que estaban tiesos de orina seca, y me acosté en la cama.

La libreta que había tomado junto con las fotografías de Paula seguía en el bolsillo trasero de mis pantalones, que estaban al pie de la cama. La tomé y me senté en la cama a leer. Era la letra de Paula.

La libreta tenía listas de cosas escritas con un lápiz sin punta. Las primeras páginas eran listas de animales y partes de animales. Las columnas pormenorizaban: dos tigres, tres leones y una pantera.

Las siguientes páginas eran listas de nombres de mujeres. Algunos nombres tenían apellido y otros no. La lista decía: Mercedes, Aurora, Rebeca, Emilia, Juana, Juana Arrondo, Linda González, Lola, Leona y Julia Méndez.

El resto de la libreta estaba en blanco excepto por la última página, donde estaba escrita la dirección de Paula: Chulavista, Guerrero, saliendo de Chilpancingo, casa de Concha.

Cerré la libreta y la puse debajo de mi colchón con las fotografías. Luego me acosté en la cama y me dormí.

El ruido de la televisión me despertó. Estaban transmitiendo una corrida de toros desde la gran arena de la Ciudad de México.

Me quedé acostada escuchando. No podía entender por qué mi madre había sintonizado una corrida de toros cuando años atrás juró no verlas más. Había visto un documental donde se enteró de que a los caballos les cortan las cuerdas vocales y por eso no relinchan, bufan ni chillan en las corridas. En nuestra televisión grande de pantalla plana también podíamos ver que los toros lloran. En nuestra montaña veíamos sus lágrimas salir rodando de sus ojos y caer a la arena salpicada de sangre y lentejuelas.

Me estiré y salí a la cocina. Mi madre estaba sentada a la mesa tomando una cerveza. Tenía enfrente un plato de cacahuates tostados con ajo espolvoreados de chile anaranjado.

Levantó la vista hacia mí. Yo tenía miedo. Quise ver el cambio. ¿Cómo iba a ser? ¿Quiénes éramos? Lágrimas de cerveza amarillas manchaban sus mejillas.

Paula se había ido. Estéfani se iba a vivir a la Ciudad de México para que su madre tuviera mejor atención médica. María nunca me volvería a hablar. A Ruth se la habían robado para siempre. Mi padre estaba al otro lado.

Esa mañana la montaña se encontraba vacía.

Cerré las manos en puños para no empezar a contar con los dedos la cantidad de gente que habíamos perdido.

Mi madre me miró y le dio un trago a la cerveza. Se veía diferente. Si yo hubiera podido chupar su dedo, como hacía de bebé, no habría sabido a mangos y miel. Su dedo habría sabido a aquellas espoletas de pollo de hueso blanco que se vuelven moradas y que ella ponía en un frasco de vinagre para que yo viera cómo el hueso quebradizo se hace como de hule.

A nuestra puerta, todos los insectos de la montaña seguían alimentándose de la sangre de María.

Yo sabía que si salía, ese rastro de insectos me llevaría directo hasta la carretera.

Madre, no limpiaste, dije. ¿Vas a dejar que lo hagan las hormigas?

Mi madre me miró con su nuevo rostro.

Yo no limpio sangre, dijo. No es lo mío.

Después de ese día, el cuello de mi madre siempre estaba torcido hacia un lado con la oreja estirada, prestando oídos. Yo sabía que esperaba que las botas vaqueras *Made in USA* de él bajaran del autobús, pisaran la carretera de asfalto hirviendo y subieran pavoneándose por la montaña hasta nuestra casa. Él le diría: ¡le disparaste a mi hija!

Mi madre estaba sentada a la mesa de la cocina, mirándome.

¡Ladydi, dijo, lo único que esto demuestra es que María salió de una pinche fotocopiadora Xerox!

Segunda parte

12

Al día siguiente Mike me recogió a la orilla de la carretera. Se comportaba como si nada hubiera pasado. Como si mi madre no le hubiera disparado a su hermana. Como si él no me estuviera recogiendo en un Mustang rojo en vez de que tomáramos el autobús que me llevaría a mi primer trabajo, de nana de un niño en Acapulco.

Nos habíamos citado a las nueve de la mañana y pensé que él nunca iba a llegar. Los autobuses pasaban, cubriéndome de polvo y vapores de diesel mientras transcurría una hora. Finalmente llegó en el convertible rojo, nuevo, se estiró para abrir la puerta y me hizo un gesto para que me subiera. Tenía los audífonos de su iPod bien metidos en las orejas, así que sólo me hizo señas de que me metiera al coche.

Traía el volumen tan fuerte que yo alcanzaba a oír un ritmo mullido saliendo de los audífonos. Avanzamos velozmente por la autopista mientras él golpeteaba el volante con los dedos. Hubo un momento en que volteó y me ofreció un chicle Trident Cool Bubble. Levantó dos dedos para indicar: toma dos. Tomé los dos chicles, los mastiqué fuerte e hice pequeñas bombas que se aplastaban y reventaban en mi boca mientras avanzábamos por la carretera.

Mike piloteó con las rodillas para prenderse un cigarro. Traía en el pulgar un anillo de oro con un gran diamante. Tenía un tatuaje de la letra Z en el dedo índice. La letra Z hizo que todo se callara dentro de mí. No digas nada, no digas nada, me dije a mí misma. La Z representa al cártel de la droga más peligroso de México. Todo el mundo lo sabe.

Mike no iba a hablar de lo que le había pasado a María. Estaba enchufado a su iPod oyendo rap y yo iba viendo por la ventana un rebaño de cabras. Al mirarlo a él, pensé que nada tenía en común con María. Ni siquiera se parecían. En ese coche, en ese momento, supe que ella era a quien yo más amaba. Era algo que antes no sabía, ni siquiera cuando mantuve su brazo roto entre mis brazos.

No regreses, me había dicho mi madre la noche anterior cuando me ayudaba a empacar mis pocas pertenencias. La mujer que me ayudó a empacar era mi nueva madre. Yo aún no estaba muy segura de cómo se manifestaría esta novedad. Era mi madre de-después-de-dispararle-a-María. Íbamos a tardar un poco en reconocernos.

La meta de todos era no regresar nunca. Hace mucho existía una comunidad entera que vivía en la montaña, pero eso terminó cuando construyeron la autopista del Sol de la Ciudad de México a Acapulco. Mi madre dice que esa autopista partió a nuestra gente en dos partes. Como un machetazo que corta un cuerpo por la mitad. Hubo gente que quedó de un lado del aceitoso asfalto negro y gente que quedó del otro. Esto significaba que todo el mundo tenía que cruzar continuamente la carretera de un lado a otro. Un autobús mató a la madre de mi madre cuando trataba de cruzar la carretera para llevarle a su propia madre, mi bisabuela, una jarra de leche. Ese día había sangre y leche blanca por toda la autopista.

Por lo menos veinte personas habían muerto al cruzar la carretera en los últimos años. También atropellaban perros, caballos, gallinas e iguanas. Y por toda la carretera se veían los cadáveres de las serpientes aplastadas, como serpentinas rojas y verdes.

Después de que atropellaron a mi abuela, mi madre conservó sus escasas pertenencias. Los zapatos de fiesta de mi abuela siguen en una caja de zapatos debajo de la cama de mi madre. A ninguna de las dos nos quedan, tenemos los pies planos y los dedos muy separados por usar chancletas de plástico toda la vida. Los zapatos elegantes son de satín azul con un lindo moño azul al frente. Una actriz famosa le regaló los zapatos a mi abuela; ella juraba que se los había dado Elizabeth Taylor. Mi abuela trabajaba de recamarera en el hotel Los Flamingos que había sido de Johnny Weissmuller, el actor que interpretaba a Tarzán. Todo lo que quedaba de aquel romántico Acapulco viejo eran esos zapatos de satín debajo de la cama de mi madre.

Ladydi, prométeme que te vas a mantener fea, me dijo mi madre en la mañana antes de irme.

En la mesa de la cocina, que era un altar a las cervezas, latas de atún, hormigas, papas fritas y donuts empaquetados espolvoreados de azúcar glas, le prometí que nunca usaría lápiz labial ni perfume y que no iba a dejar que me creciera el cabello y lo iba a traer corto y como de niño.

Y quédate en la sombra, no camines en el sol, dijo.

Sí, mamá.

Dudé si llevarme las fotos y la libreta de Paula, y finalmente las puse en mi mochila. Sabía que si las dejaba en casa los insectos de la selva se las comerían o la humedad pronto las cubriría de moho.

La construcción de la autopista fue el inicio de la destrucción de nuestras familias. La gente se empezó a ir porque necesitaba trabajo y mucha gente se fue a Estados Unidos. Mi abuelo y los dos hermanos de mi madre y sus familias se mudaron a San Diego. Se fueron después de que atropellaron a mi abuela. Nunca quisieron voltear para atrás, así que no volvimos a saber de ellos. Mi madre decía que los narcotraficantes habían acabado de destruir nuestra montaña. Ninguna comunidad puede sobrevivir a tantas tragedias.

Lo único que quedaba en nuestra montaña eran unas cuantas mujeres que aún sabían cocinar iguana envuelta en hojas de aguacate.

Mientras Mike me llevaba por la carretera hacia el océano Pacífico el aire acondicionado soplaba rico y fresco en mi cara.

Al avanzar por la autopista miré la roca rosa de nuestra montaña que había sido cortada para que pasara la carretera. Parecía piel raspada, en carne viva.

13

A medio camino a Acapulco, Mike se desvió de la autopista por una brecha de terracería. Lo volteé a ver, pero iba tan perdido en su iPod que pensé que se había olvidado de que yo estaba con él. Miré por la ventana y pensé en mi madre viviendo sola en la montaña, tomando cerveza y viendo televisión, y me sentí avergonzada de mí misma porque sabía que lo único que yo quería hacer en este enorme y redondo planeta azul era encontrar a mi padre.

La velocidad del automóvil levantaba una nube de polvo a nuestro alrededor. Me imaginé que estábamos en uno de esos anuncios de televisión donde el vehículo sale del camino y sigue a campo traviesa para demostrar que puede ir a donde sea. En el comercial Mike y yo seríamos una pareja de lentes oscuros y pantalones de mezclilla entallados. Mi pelo rizado estaría esponjado con secadora y me caería en cascada por la espalda.

Avanzamos como veinte minutos por un camino bordeado de palmeras hasta que llegamos a una choza ruinosa con una hamaca amarilla columpiándose entre dos árboles.

Un hombre alto y calvo salió de la choza cuando Mike apagó el motor. El hombre se quedó parado sin acercarse a nosotros.

Mike se quitó los audífonos.

Quédate aquí y pórtate bien, no te salgas del coche, me dijo Mike.

El hombre era tan flaco que los pantalones de mezclilla le caían hasta la cadera y una franja de piel café quedaba expuesta entre la camiseta azul y el cinturón. Los huesos de su cadera estaban salidos y hacían sombras profundas a ambos lados del cuerpo. Andaba descalzo y traía un sombrero ancho de palma raído y gastado.

Sostenía una ametralladora y la apuntaba directo a nosotros.

¿Qué hacemos aquí?, le pregunté susurrando a Mike como si el hombre pudiera oírnos allá afuera.

No te muevas.

¿Qué hacemos aquí?

Callada. Callada.

Mike se bajó del coche y levantó la mano hacia el hombre con un gesto que decía alto.

Es mi hermana, le gritó Mike. Ey, no te preocupes, güey. Es ciega.

El hombre me miró a mí y luego a Mike.

Es ciega. Sí, sí. Es ciega de nacimiento.

El hombre bajó la ametralladora.

Mike volteó y apuntó algo hacia mí y oí que el automóvil se cerraba con llave. Era el control remoto que no sólo me encerró en el convertible, sino que además trabó las ventanas.

Mike y el hombre entraron a la choza.

Había tres Escalade negras estacionadas a la derecha de la choza, a la sombra de varias palmeras. Había además dos rottweilers amarrados a la defensa de una de las camionetas con correas de cuero. Los perros jadeaban pesadamente por el calor y sus lenguas rojo oscuro les colgaban de los hocicos.

En las alargadas pencas de un maguey había dos vestiditos de niña secándose al sol. Un vestido era blanco y el otro era azul.

Conforme transcurrían los minutos, me pareció que el mundo se iba volviendo más y más silencioso. Hasta el zumbido de los insectos desapareció cuando empecé a sentir que me estaba asando dentro del ardiente automóvil cerrado con llave.

Los vestidos secándose en el maguey me hicieron pensar en los angostos brazos de palo de una niña saliendo de las mangas. Las prendas ya casi estaban secas y se alzaban y restallaban con el calor.

En el suelo junto al maguey había una cubeta y una escoba de juguete.

El chicle Trident Cool Bubble había perdido su sabor rosa de algodón de azúcar de circo.

Mi mente divagaba en el ensueño-del-sofocante-automóvil.

Con el motor y el aire acondicionado apagados, y las ventanas bien cerradas, todo el aire era absorbido y usado por mi cuerpo. Debajo de los pantalones, mis muslos estaban empapados y yo sudorosa por todas partes. Me sentí sedienta y mareada, y casi drogada de calor. Imaginé un espejismo de gaviotas blancas volando encima de la choza, de los rottweilers y del hombre flaco. En mi abochornada ensoñación creí que los pájaros eran nubes y me imaginé a una niñita vestida de blanco recogiendo plumas de gaviota del suelo.

En cierto momento, ya no sabía si llevaba encerrada diez minutos o dos horas en el automóvil. Desperté de golpe cuando los perros empezaron a ladrar y Mike salía de la choza.

Mike caminó hacia el coche. Sacó las llaves de los pantalones, me apuntó con el control remoto, y oí quitarse los seguros bajo las ventanas. Caminaba aprisa con la cara inclinada para taparse del sol. Abrió la puerta del coche y se deslizó hacia dentro.

¿Qué pasó?, pregunté.

¿Te quedaste dormida?

¿Quién era ese hombre?

Baja la ventana.

Mike dejó una pequeña bolsa de plástico en el asiento en medio de los dos. Encendió el motor, dio la vuelta y nos regresamos por el camino de terracería hacia la autopista.

Mike tamborileaba con los dedos en el volante al ritmo del hip-hop que traía en la cabeza.

Sudaba y las gotas le caían del pelo a la nuca. Sostuvo el volante con las rodillas y se quitó la camiseta sobre la cabeza con un solo movimiento bien ensayado.

Traía tatuado el número 25 en el brazo además de una rosa rojo oscuro. Sentada a su lado, pude oler esa flor. Pude oler la rosa en su brazo como si yo estuviera inclinada sobre un rosal oliendo los suaves pétalos.

¿Oye, y por qué te pusieron Ladydi? ¿Qué a tu mamá le gustaba mucho la princesa esa?, preguntó Mike.

No, Mike.

No le iba a contar que mi madre me puso Ladydi porque odiaba lo que el príncipe Carlos le había hecho a Diana.

Gracias a nuestra televisión, mi madre se sabía toda la historia al derecho y al revés. Simpatizaba con cualquier mujer a quien un hombre le hubiera sido infiel. Era una hermandad especial de dolor y odio. Acostumbraba decir que si hubiera una santa patrona de las mujeres traicionadas, sería lady Diana. Un día, en el Biography Channel, mi madre se enteró de que el príncipe Carlos reconoció no haberla amado nunca.

¿Por qué no mintió y ya?, dijo mi madre. ¿Por qué no mintió y ya?

No me llamo Ladydi por la belleza y la fama de Diana. Me llamo Ladydi por su vergüenza. Mi madre decía que lady Diana había vivido la verdadera historia de la Cenicienta: closets llenos de zapatillas de cristal rotas, traición y muerte.

En un cumpleaños me regalaron una muñeca de plástico de la princesa Diana con una tiara. Mi padre me la trajo de Estados Unidos. De hecho, al paso de los años me compró varias muñecas de la princesa Diana.

Mi nombre fue la venganza de mi madre. Para ella era una especie de filosofía. No valoraba el perdón. En su filosofía de la venganza había toda clase de escenarios posibles. Por ejemplo, la persona de la que te estabas vengando no tenía por qué saber sobre el acto de venganza, como en el caso de mi padre y mi nombre.

Cuando la gente que me conocía se sorprendía de mi nombre, y lo decía en voz alta varias veces muy dulcemente, yo casi podía saborear los granos de azúcar en mi boca. Sabía que comparaban mi cara con la cara de Diana y me tenían lástima. Estaban tasando mi color contra su blancura.

A las afueras de Acapulco, Mike tuvo que entrar por un largo túnel, que atravesaba de lado a lado la última montaña antes de la bahía. Yo había entrado a este túnel muchas veces en autobuses y taxis.

Cuando salimos del oscuro túnel, la radiante luz solar del océano inundó el auto.

Los pantalones de mezclilla azul claro de Mike estaban salpicados de sangre.

Ahora yo sabía que la sangre podía oler a rosas.

Mi madre una vez vio un documental de cómo los Zetas convierten a la gente en asesinos. Me contó que a un hombre le amarraban las manos por detrás y lo obligaban a hincarse y comerse su propio vómito, o el vómito de alguien más.

Mike y yo avanzamos por las calles de la ciudad hacia la parte vieja de Acapulco donde están las ruinosas mansiones abandonadas de las décadas de 1940 y 1950. En los últimos años, había gente que compraba estas propiedades para restaurarlas. Las casas estaban construidas en las laderas, metidas en la roca, arriba de las playas de Caleta y Caletilla. Tenían una vista de la bahía a la izquierda y de la isla de La Roqueta enfrente. A la derecha se podía ver el mar abierto que se perdía en la distancia.

¿Sabías, dijo Mike, que hasta la fecha tu papá le manda dinero a mi mamá?

¿Qué?

Sí, que hasta la fecha tu papá le manda dinero a mi mamá.

No te creo. A nosotras hace años que no nos manda dinero.

Pues a mi mamá le manda dinero. Cada mes.

Por favor dime que no es verdad. No puede ser.

Okey. No es verdad.

¿Dónde vive? ¿De dónde manda el dinero?

Nueva York.

Mike se orilló frente a una casona recién pintada de blanco y me dejó en la puerta.

Ándale, dijo. Aquí es. Bájate.

Me dejó en la puerta y ni siquiera se bajó del auto. A uno se le olvidan los modales cuando acaba de matar a alguien.

Obedecí. Supe obedecer a un asesino. Obedecí cuando me dio la bolsa de plástico que había sacado de la choza y la había puesto en medio de los dos en el Mustang. Obedecí cuando me dijo que se la guardara hasta que me la pidiera. Obedecí y la guardé en mi mochila de lona negra con el cierre descompuesto. Obedecí. Obedecí. Obedecí.

Mike bajó su ventanilla.

En unos días paso a recoger esa bolsa, dijo.

Okey.

No te robes nada.

Yo no robo.

Eres hija de tu madre.

¡Cállate!

Toqué el timbre. Mike se fue. No se esperó a ver si alguien me abría la puerta.

Después de un minuto o dos, una sirvienta que vestía un uniforme rosa pálido con un delantal blanco impecable abrió la puerta. Traía su lacio pelo cano peinado en una trenza con listones verdes y levantado con pasadores de modo que reposaba como una diadema o corona sobre su frente. Rondaba los setenta años y tenía la piel morena rojiza y los ojos pequeños color café claro. Se me figuró una ardilla.

También me hallaba ante un fantasma, o lo que mi madre llamaba un fantasma de México. Era el término que usaba mi madre para referirse a todo lo que ya era antiguo. A través de los años, bastaba con que mi madre y yo dijéramos fantasma para saber exactamente a qué nos referíamos. Podía haber un fantasma en una canasta, en un árbol, en el sabor de una tortilla, y hasta en una canción.

Habló suavemente y me dijo que la familia que vivía allí llevaba fuera más de una semana. No sabía cuándo regresarían. Su nombre era Jacaranda. Al seguirla al interior de la casa, noté que ella olía a aceite de coco y naranjas.

Jacaranda me explicó que la casa pertenecía a la familia Domingo, formada por el señor Luis Domingo, la señora Rebeca Domingo y su hijo de seis años, Alexis.

Mientras Jacaranda me llevaba por la casa, pude sentir a mi madre caminando a mi lado. Casi pude oírla escupir en los sofás de cuero blanco con sus cojines de cuero blanco que hacían juego; escupir en las mesas de vidrio que tenían esculturas de bronce de bailarinas sostenidas sobre bases cuadradas; escupir en el frío piso de mármol; y escupir en el piso de loseta blanca de la cocina y en el fregadero de acero inoxidable.

Podía oírla decir: todo está tan limpio, me lastima. Y, al mirar a mi alrededor, supe que me iba a pedir que describiera todo. Querría saber qué me podía robar y llevárselo. Ella hubiera visto esta casa y habría dicho: hay que rezar por un poco de mugre.

Las ventanas de la sala daban a un jardín ubicado en un acantilado que dominaba el océano. Había una estatua de bronce de un caballo tamaño real bajo un gran árbol de buganvilia. De un lado del jardín había una alberca de mosaico azul claro excavada en el suelo con forma de tortuga.

Jacaranda abrió una puerta de vidrio y me condujo al jardín y por un camino que bajaba hacia los cuartos de servicio. Cada una tenía su propio dormitorio, pero compartíamos el baño.

En el mío había una cama individual y una silla y una ventanita que daba al garaje. La habitación tenía un fuerte olor a líquido limpiador floral. Me asomé por la ventana y vi un convertible Mercedes Benz blanco estacionado al lado de una Escalade negra en la cochera.

Jacaranda me dijo que yo también tendría que usar uniforme, como el de ella. Me dijo que me cambiara y que cuando me hubiera instalado fuera a la cocina para darme algo de comer.

Desempaqué mis escasas pertenencias y escondí las fotografías y la libreta de Paula y la bolsa de plástico de Mike debajo de mi colchón. No había donde más meterlas en aquel cuartito.

Sonó mi celular. Era mi madre.

Yo sabía que estaba parada en el claro con el brazo en alto, tratando de captar señal. Que ya le ardía el brazo de tener el teléfono levantado y por el esfuerzo de estárselo cambiando de una a otra mano.

Es horrible donde estás, ¿verdad?, dijo.

Sí. Es un lugar asqueroso.

¿En serio? ¿Cómo es?

Está bien.

¿Pero lo odias?

Sí, lo odio.

Intercambiamos mentiras. Lo cierto era que a mí ya me había seducido aquella casa, limpia y llena de brisa marina, y que mi madre querría que me regresara a su lado cuanto antes.

Tú aguanta, inténtalo al menos, quédate un rato.

Sí, lo voy a intentar, mamá.

Ya si no te gusta, siempre puedes regresar a casa.

La comunicación se cortó. Ocurría siempre y significaba que

tenías que estar marcando una y otra vez. Todos sabíamos que ésa era la razón por la que Carlos Slim, el dueño de la compañía telefónica, era el hombre más rico del mundo. Se aseguraba de que todos en México tuvieran que volver a llamar.

¿Y una qué va a hacer?, acostumbraba decir mi madre. ¿Dejar de llamar a su familia? ¿Dejar de llamar al doctor? ¿Dejar de llamar a quien sea que tal vez, sólo tal vez, te puede ayudar a encontrar a tu hija robada? ¡Claro que todos volvemos a llamar!

Apagué mi teléfono y fui a la cocina. Caminé por el fresco piso de loseta blanca con mis chancletas rojas de plástico de la selva.

Jacaranda estaba haciendo quesadillas con chile verde crudo en la estufa y me dijo que me sentara al desayunador. Desde la cocina se avistaba la bahía.

En la mesa había tres lugares puestos. Había tres saleros y pimenteros individuales junto a altos vasos de cristal llenos de limonada con finas rebanadas de cáscara de limón.

Jacaranda sacó del congelador una charola de hielos en forma de estrella y echó algunos en nuestras bebidas.

Me puso enfrente un plato con dos quesadillas y se sentó. Tuvo que apretujarse entre la silla y la mesa de vidrio.

Cuando has tenido bebés, comentó, tu panza siempre quiere regresar a ese tamaño como si ansiara tener al bebé otra vez.

Se puso las manos en el vientre y dijo con orgullo: yo tuve once hijos.

Mientras yo comía, me contó que trabajaba en esta casa desde hacía ocho años. Antes de eso había sido recamarera en un hotel por más de cuarenta.

Después de trabajar en un hotel, no hay nada de la naturaleza humana que no conozcas.

La escuché mientras comía las quesadillas.

La mayoría de la gente es amable, dijo, y la mayoría de las mujeres les son infieles a sus maridos.

Le dije que mi madre le discutiría esta afirmación.

No, insistió Jacaranda. Sólo que hay algo que nadie entiende. A los hombres los descubren, a las mujeres no.

Jacaranda también me contó que la gente se roba todo de los cuartos de hotel, hasta los focos.

Yo ya lo sabía, por supuesto. Mi madre se robaba focos a cada rato.

Jacaranda recordó que el primer trabajo que tuvo era caminar por las calles de puerta en puerta preguntando a mujeres pobres si querían vender sus trenzas. En aquellos días compraba cada trenza a diez pesos. A veces las mujeres se cortaban la trenza o la cola de caballo allí mismo, así que Jacaranda siempre llevaba unas tijeras bien afiladas. La mayoría de las veces las trenzas estaban en cajas o bolsas en los roperos y cajones de las mujeres.

Eso fue antes de que todos se pusieran a hacer pelo sintético y a importarlo de China, aclaró. Era cuando las mujeres todavía tenían el pelo largo.

Hoy en día ya casi nadie tiene el pelo largo largo.

Sí, antes las mujeres se dejaban crecer el pelo hasta las rodillas. Yo trabajé para una señora aquí en Acapulco que tenía una pequeña fábrica de pelucas. El pelo que se compraba de puerta en puerta se separaba en tres categorías: corto, mediano y largo. Luego se desinfectaba y se teñía y se confeccionaba en pelucas y peluquines. Estas pelucas estaban muy de moda y se vendían en la Ciudad de México en una tienda del centro.

¿Y no se quedó con algo de ese pelo?, pregunté.

No. Pero me imaginaba a las señoras ricas de México bailando en las fiestas con el pelo de una india nahua descalza de Guerrero.

Un día memorable Jacaranda compró diez trenzas en una sola casa. Eran las trenzas de cinco generaciones de mujeres. Los colores iban del negro al gris y al blanco.

Todas las trenzas eran largas como mi brazo, recordó Jacaranda.

Cuesta trabajo imaginarlo.

Yo antes bordaba con mi propio pelo. Lo usaba de hilo, dijo Jacaranda.

Mi madre todavía usa su pelo para pegar un botón o arreglar un dobladillo.

Sí, yo también hacía eso.

¿Alguien más vive aquí?, pregunté, señalando el tercer lugar en la mesa.

Sí. Julio, el jardinero. Hoy no se presentó, pero regresa mañana.

Después de comer, Jacaranda me llevó a conocer la casa.

Mientras caminábamos por las habitaciones, Jacaranda mascaba pedacitos de papel. La pulpa blanca aparecía entre sus dientes de vez en cuando. Jacaranda dijo que había agarrado ese hábito de niña, pues su madre era demasiado pobre para comprarle chicles. Quería que sus amigas pensaran que estaba mascando un chicle de verdad y se le hizo costumbre.

Todas las habitaciones lucían como si allí no viviera nadie. Los pisos estaban tan limpios que sabía que hubiera podido tirar una rebanada de manzana o un pan tostado al suelo y luego levantarlo y comérmelo. Mi piel estaba más sucia que el piso. No había una sola migaja para una hormiga ni una sola araña para un alacrán. No había telarañas. Y no había nada personal en la casa como una chamarra en el respaldo de una silla o una revista enrollada sobre una mesa o alguna fotografía enmarcada.

La recámara principal tenía una cama king size frente a un ventanal que dominaba el jardín y más allá del océano. Había una figura de madera de Jesús en la cruz colgada en la pared arriba de la cama. El cuarto daba a un baño grande que tenía un jacuzzi en el centro y una cama de masajes.

Había una puerta cerrada en la recámara a la que no nos asomamos. Jacaranda me explicó que era el vestidor donde guardaban toda su ropa.

Tiene llave, dijo.

Junto a la recámara estaba el cuarto del niño.

Es chiquito y todavía no va a la escuela, explicó Jacaranda. Vas a tener que jugar con él.

Era el único cuarto que se veía habitado. Había juguetes por todas partes, amontonados sobre cada superficie y por todo el piso. Había por lo menos treinta animales de peluche aventados en la cama como cojines. En una cajonera había tres frascos grandes llenos de dulces. Los M&M rojos, amarillos y verdes brillaban en el sol de Acapulco.

A la cama del niño la habían esculpido en forma de ballena.

La siguiente habitación que me mostró Jacaranda era el cuarto de la televisión. Tenía una pantalla de pared a pared, así que era como un cine. Frente a la pantalla había dos sofás, tres sillones y dos grandes pufs. Una pared estaba cubierta de piso a techo con una colección de DVD.

Esto es lo que les encanta hacer. Ven películas y comen palomitas o hot dogs. Pueden ver la misma película una y otra vez, dijo Jacaranda.

Yo había visto esta casa por la televisión.

Nunca había caminado en un piso de mármol, que era como caminar en un pedazo de hielo, pero ya lo había visto. Nunca me había sentado a una mesa perfectamente puesta, con dos tenedores, dos cuchillos, cuchara sopera y una servilleta de lino planchada, pero ya la había visto. Nunca había usado un salero ni había contemplado cubos de hielo con forma de estrella en mi vaso, pero ya los había visto.

Entonces supe que podía ir a las pirámides de Egipto y me iban a resultar familiares. Estaba segura de que podría montar un caballo o manejar un jeep en un safari en África. Sabía cocinar lasaña y lazar una vaquilla.

Recordé algo de la violencia y las catástrofes que había visto en televisión y que habían ayudado a forjar mi conocimiento televisivo.

Al pensar en ello me llegó un sabor a leche agria, como la leche que se queda afuera en la mesa demasiado tiempo al calor de la selva. Sí, una inundación podía resultar familiar. Sí, un accidente automovilístico podía resultar familiar. Pensé: sí, una violación podía resultar familiar. Sí, podría estarme muriendo y hasta el lecho de muerte me resultaría familiar.

Luego pensé en Mike en el rancho aquel y la sangre salpicada en su ropa, y supe lo que había sucedido aunque nunca entré a esa choza en ruinas.

Había visto mi vida en televisión.

14

La primera noche en mi cuarto de servicio me acosté en la cama y miré la ventanita que daba hacia el gran garaje y los autos. No había nada más que mirar.

Un olor a gasolina impregnó mi cuarto. Era como dormir en una gasolinera de Pemex.

Sabía que no tenía que preocuparme por los insectos. La casa olía a limones podridos porque fumigaban constantemente.

Aquella noche una duda no me dejaba dormir en paz. Me preguntaba si María ya lo sabría. Seguro que ya le habían dicho que por eso Dios la había castigado con el labio leporino. Era una maldición por la infidelidad de su madre con mi padre. Seguro que alguien ya le había contado la verdad y le había explicado por qué le disparó mi mamá.

¿Se estaría viendo a un espejo María, reconociendo en toda su cara la cara de mi padre?

Quería saber si era cierto lo que decía Mike, que mi padre le mandaba dinero a la mamá de María. Si mi madre algún día se llegaba a enterar, lo iba a encontrar. De verdad. Y se acabarían los tiempos de tener hambre de él.

Pensé en todas estas cosas acostada en el colchón donde había escondido las fotos de Paula y su libreta y la bolsa de plástico de Mike con un ladrillo de heroína.

De un ladrillo salían cincuenta dosis.

15

A la mañana siguiente, Julio el jardinero entró por la puerta y me enamoré.

Caminó directo a mi cuerpo.

Trepó por mis costillas y dentro de mí. Me dije a mí misma: reza por unas escaleras.

Yo quería oler su cuello y poner mi boca en su boca y probarlo y abrazarlo. Quería oler el olor a jardín y a pasto y a palmera, el olor a rosa y a hoja y a flor de limón. Me enamoré del jardinero y se llamaba Julio.

Me pasé la mañana siguiéndolo por el jardín. Él podaba, cavaba y cortaba. Frotó hojas de limón entre los dedos y las olió. Sacó unas cuantas semillas plateadas y planas de su bolsillo trasero y las metió en la tierra. Cortó el pasto con unas tijeras de podar.

Después de una hora, se fue a traer una escalera del garaje para poder podar la buganvilia rosa que crecía por una pared junto al caballo de bronce de tamaño real. Cuando tijereteaba las ramas demasiado crecidas, el polen amarillo volaba por el aire y las flores, como flores de papel, cubrían el suelo.

Julio tenía veintitantos años. Tenía la piel intensamente bronceada por trabajar todo el día bajo el sol. Tenía el pelo afro y corto, que era como una corona negra encima de él, y ojos café claro.

Julio era amable con las flores y las hojas. Tomaba las rosas en el hueco de las manos como si fuera un honor para él tocarlas. Se enroscaba las enredaderas en los dedos como si fueran rizos de pelo. Caminaba suavemente en el pasto como si no quisiera que las briznas se quebraran o se doblaran siquiera bajo su peso.

En mi vida las plantas siempre habían sido algo contra lo cual luchar. Los árboles estaban llenos de tarántulas. Las enredaderas lo estrangulaban todo. Grandes hormigas rojas vivían bajo las raíces y las serpientes se escondían cerca de las flores más bonitas. También sabía que no debía acercarme a las zonas inhóspitas de selva seca y parda, que eran sofocantes por el herbicida que soltaban los helicópteros. Ese veneno seguiría quemando la tierra por décadas. En mi pedazo de montaña todos soñaban con la ciudad y todo aquel cemento donde no sobrevivía ningún insecto. No podíamos imaginar por qué alguien querría tener un jardín.

Porque amaba a Julio, los coches y camiones en la calle sonaban como ríos. El humo de diesel de los autobuses olía a flores y la basura podrida de cinco días junto a la puerta olía dulce. Los muros de cemento se volvieron espejos. Mis manitas feas se convirtieron en estrellas de mar.

En las horas en que seguía a Julio por todo el jardín, él nunca me habló.

Cada día cuando él se iba, me sentaba en mi cuarto a rezar. Pedía que el hermoso jardín de buganvilias, rosas, emparrados, limoneros y magnolias se secara y que el pasto se llenara de hierba mala. Rezaba pidiendo que Julio tuviera que venir a la casa todos los días a cuidar su jardín enfermo.

Muy noche, cuando ya me había dormido, sonó mi celular. Era mi madre. Estaba furiosa.

Yo no sabía si andaba borracha o no pero sabía que estaba sola en la oscuridad, en lo alto del claro gritándole a su teléfono. La conexión era deficiente. Yo también empecé a gritar como si mi voz pudiera llegarle atravesando las calles de la ciudad y subiendo por la montaña, bajando por la carretera hasta llegar a sus oídos.

Entre la mala conexión y sus gritos, yo no podía entender para qué había llamado.

¿Qué haces tú sola allá en Delfos? Ya es tarde. Está oscuro. ¡Vete a la casa!, grité.

¡Tú te lo llevaste! ¡Te lo llevaste sin pedirme permiso!

¿Qué me robé?

¡No me vengas con eso! ¡Tú sabes lo que te llevaste!

¿Qué?

¡Te subes a un autobús ahora mismo y me lo traes!

Este diálogo se siguió repitiendo y finalmente se perdió la conexión. Nunca entendí qué era lo que creía que me había robado. No volvió a llamar.

Cerré los ojos e imaginé lo que ocurrió después. Mi madre maldijo y apagó su teléfono. Se lanzó montaña abajo hacia nuestra casita con los dedos de los pies salidos sobre el frente de las chancletas, aferrándose a las suelas de plástico como las garras de un perico se aferran a una rama. Podía verla tropezar y resbalar.

Recé por que no hubiera luna, era la noche más oscura, ella se perdía y un alacrán le había picado la mano al chocar contra un árbol. En eso de las plegarias al revés nunca se podía pedir demasiado.

El día que llegué, Jacaranda me dio dos uniformes para usar.

Así que, como ella, andaba con un vestido rosa y encima un delantal blanco.

A la mañana siguiente cuando entré a la cocina Jacaranda ya se había levantado y estaba preparando café. Me ofreció un plato de huevos revueltos con rebanadas de salchicha.

Le pregunté cuándo iban a regresar los patrones, pero ella no tenía idea. Dijo que se suponía que sólo se iban a ir un fin de semana a visitar a unos parientes en Nogales, en el estado de Sonora.

Conforme transcurrió la mañana, Jacaranda me contó de la familia para la que trabajábamos.

El señor Domingo tenía un rancho en Coahuila, muy al norte, cruzando la frontera de Laredo. El rancho era conocido por sus enormes venados de cola blanca. Todos los animales se criaban en su propiedad.

En enero pasado, Jacaranda había ido al rancho por primera vez. A un lado de la casa había un gran terreno cercado lleno de venados. Detrás de la casa había jaulas con leones viejos y tigres que el señor Domingo compraba a zoológicos.

Jacaranda dijo que a gente adinerada de Estados Unidos le gustaba ir allí a cazar. Matar un venado te cuesta dos mil dólares.

Qué poquito.

¿Poco? ¿Quién sabe? Los pájaros son gratis. Los changos también.

¿Tenían changos?

Nadie quería matar changos, dijo.

¿Ah, no? ¿Por qué?

¿Por qué matar algo que es gratis?

Mientras estuvo allá, un grupo de hombres de negocios de Texas alquiló el rancho para ir de cacería.

La gran sala en la casa del rancho tenía un tapete de oso polar y docenas de cabezas de venado en las paredes. Los anchos taburetes cilíndricos del bar eran de pata de elefante. Las lámparas estaban hechas de patas de venado que habían sido ahuecadas con un taladro largo para meter los cables eléctricos.

Jacaranda dijo que al señor Domingo le gustaba ir de cacería a África una vez al año, y que en el tiempo que tenía de trabajar ahí habían llegado dos voluminosos baúles llenos de animales muertos apilados como ropa que después fueron disecados.

A Jacaranda le tocaba limpiar los ojos de vidrio de todos los animales en la habitación.

Al señor Domingo le gusta que los ojos parezcan de verdad y que brillen, dijo.

Dos veces por semana Jacaranda tenía que llenar una cubeta de agua con blanqueador y, usando un trapo y subida en una escalera, limpiar los ojos de vidrio para que brillaran con vida. Dijo que se ponía a buscar el orificio por donde la bala le había entrado al animal, pero las pieles estaban cosidas tan perfectamente que nunca lo encontraba.

Jacaranda describió a la señora Domingo como una mujer amable de una vieja familia de Sonora. Era refinada y elegante y su marido no. La señora Domingo odiaba vivir en Acapulco y Jacaranda dijo que se peleaba con el señor todo el tiempo porque se quería ir de allí. La señora Domingo se pasaba la mayor parte del tiempo viendo películas.

No le gusta ir de compras ni al salón de belleza como a otras señoras. Sólo se queda en casa viendo películas y juega con su hijo, dijo Jacaranda. De todos modos, al señor Domingo no le gusta que salgan.

El señor Domingo había nacido en Acapulco y su padre, muerto hacía unos cuantos años, era dueño de un hotelito, que era donde Jacaranda había trabajado años atrás.

Así vine a dar aquí. Yo ya trabajaba con la familia limpiando cuartos en el hotel.

Cuando acabamos de desayunar, me salí al jardín a esperar la llegada de Julio para poder seguirlo por todos lados y verlo trabajar.

Desde el jardín podía mirar hacia el océano, y ese día vi dos grandes cruceros entrar al puerto. Varios botes pequeños de motor salieron de uno de los muelles hacia los barcos para recoger pasajeros y traerlos a Acapulco para ir de compras.

Cuando llegó Julio, lo seguí por todos lados viéndolo trabajar. Él era muy callado y aceptaba mi adoración. Yo no sabía comportarme de otra manera. Lo amaba y lo deseaba y nunca nadie me había preparado para esta devoción.

Ansiaba una orden, que me dijera: tráeme un vaso de agua.

Deseaba que dijera: aguántame las tijeras en lo que muevo la escalera.

Quería que me diera instrucciones.

Quería obedecerlo.

Quería ponerme de rodillas.

Caminamos por el silencioso jardín y nos enamoramos con el sonido de cosas que están siendo podadas y plantadas.

Todos los días Jacaranda y yo nos levantábamos, nos bañábamos y nos vestíamos con nuestro uniforme rosa con el delantal blanco y limpio. Ella usaba zapatos blancos de enfermera, y yo, mis viejas chancletas de plástico.

Todos los días nos arreglábamos para la llegada de nuestros

patrones. Todos los días limpiábamos la casa y Julio sacaba las hojas de la alberca con una larga red.

El dinero que le habían dejado a Jacaranda para hacerse cargo de la casa y comprar comida poco a poco se fue acabando. Nos comimos todo lo que había en la despensa. Un día nos hicimos unas enchiladas de caviar.

Nunca tocamos las botellas de champaña ni las cajas de vino.

Un día Jacaranda, Julio y yo estábamos sentados en la cocina tomando limonada cuando Jacaranda dijo: tengo algo que decirles a los dos, que confirmé ayer.

¿Qué cosa?, preguntó Julio.

Todos lo sospechábamos, pero ahora lo sé. A esta casa ya no va a regresar nadie. Los mataron a todos en una carretera a las afueras de Nogales hace meses.

Ya nunca va a venir nadie, dijo Julio.

¿Al niño también lo mataron?, pregunté.

Eso dijeron en las noticias. Tomó todo este tiempo confirmar sus identidades. Tenían muchas.

Sabíamos que había casas vacías por todo México a las que ya no regresaba nadie.

Yo me voy a quedar, dijo Jacaranda, en lo que busco otro trabajo.

Yo también, dijo Julio.

Yo también, respondí.

Julio era feliz de que yo lo acechara en todos lados. Siguió ocupándose de sus labores de jardinería porque decía que de todas formas sólo lo hacía por respeto al jardín. Yo le sostenía las tijeras como si fueran su mano. Las bolsas de hojas secas, la escalera, las tijeras, el rastrillo y la red de la alberca se volvieron partes de su cuerpo para mí.

Un día lo seguí al garaje. Tenía que sacar algo de fertilizante para esparcirlo bajo el árbol de magnolia. Las bolsas estaban apiladas junto a un enorme tanque de gasolina que hasta tenía una bomba como de gasolinera.

Un cerillo, una chispa, un solo cerillo, podría volar la casa, dijo Julio cuando lo seguí a ese garaje caliente y oscuro.

En el garaje, Julio caminó hacia mí. El peso de su cuerpo me oprimió contra la puerta del Mercedes y sentí la manija en mi espalda baja.

Julio me dobló para un lado y abrió la puerta del coche y me empujó para adentro hasta que quedé acostada en el asiento con las piernas saliendo por la puerta. El coche olía a cuero y a perfume. Julio me subió el uniforme rosa de los muslos hasta la cintura y luego me bajó los calzones, enrollándolos a lo largo de las piernas. Oí que mis chancletas caían al piso.

Después de ese día, Julio se mudó a la casa. Se pasaba la mañana en el jardín. Podaba las plantas y cortaba el pasto o le echaba químicos a la alberca. En la tarde veíamos películas.

En un principio dormíamos en mi cuartito de servicio en la angosta cama individual, pero a los pocos días nos cambiamos a la recámara principal, donde nos bañábamos en el jacuzzi y dormíamos en la cama king size. A Jacaranda no le importó porque para entonces ya estaba viviendo en la recámara del niño y durmiendo en la cama con forma de ballena.

En el baño me gustaba asomarme a todos los cajones del tocador de la señora Domingo. En un cajón tenía por lo menos cincuenta pintalabios. En otro tenía más de veinte botellas de diferentes perfumes. Me probé todo. Cubría mi cuerpo con una crema de orquídea, y en los codos y las rodillas usaba otra que estaba hecha con polvo de oro. También me ponía su perfume Chanel N.º 5.

Bajo el lavabo encontré un joyero. Estaba sin llave, envuelto en una toalla. La caja contenía dos cadenas gruesas de oro, un reloj Rolex de oro y un anillo con un diamante muy grande. Me puse la joya en el dedo y me quedó perfectamente. Nunca me la quité.

Ahora que éramos amantes, Julio hablaba conmigo y me enteré de su vida. Tenía una forma curiosa de hablar. Todo lo decía dos o tres veces, pero siempre de distinta manera. Lentamente fui entendiendo su cadencia al hablar, que me imaginaba que era como hablaba la gente del norte de México.

Yo ando descarriado, dijo. ¿Qué te voy a decir? Me agarraron en el río como una rata. Un hombre atrapado como rata en el río. Sí. Me quebré a uno. Ando descarriado.

Me decía Princesa Ladydi.

Tú eres única, decía. Yo por ti me bolearía los zapatos y me quedaría parado en la lluvia cinco horas por verte. Sólo por ti, Princesa Ladydi.

Decidí no contarle por qué mi madre me había puesto como la princesa Diana porque no quería romper mi propio corazón.

Crucé el río, pero me agarraron en la orilla y el guardia que me estaba cuidando se volteó para otro lado y me abrió el camino, dijo Julio.

Julio había matado a un guardia de la Patrulla Fronteriza de Estados Unidos. Por eso era jardinero en Acapulco y no en California.

Había trabajado en el rancho del señor Domingo y había crecido en Nuevo Laredo. Cuando mató al guardia fronterizo se regresó a México. El señor Domingo lo ayudó a salir de allí rápidamente y se lo llevó lo más lejos que pudo de la frontera con Estados Unidos. Le dio trabajo de jardinero en su propia casa en Acapulco. Julio decía que no había nada que el señor Domingo odiara más que a la Patrulla Fronteriza de los Estados Unidos.

Necesitaba vivir como si me hubiera ahogado en el río; necesitaba aparecer para desaparecer y llenarme de agua y salir flotando al mar. Todos los guardias de la Patrulla Fronteriza creen que me ahogué en el río Grande, el río Bravo, dijo Julio.

Ahora entendía por qué Jacaranda no interfería con nosotros. Julio había matado a alguien con sus manos. Ella sabía que Julio había tomado el cuello del guardia fronterizo y lo había torcido y quebrado como a la rama tierna de un árbol.

Durante seis meses vivimos juntos en la casa esperando a que algo sucediera. La espera me recordaba lo que sentía cuando me enfermaba de niña y pasaban días y días sin saber cuándo iba a volver a la escuela. Un día me quedé acostada en la hamaca con fiebre elevada. Mi madre se pasó días meciendo esa hamaca y espantando las moscas de mi cuerpo, y seguro el brazo le quedó adolorido. En mi montaña, espantarle las moscas a alguien es una de las cosas más amables y amorosas que una persona puede hacer por otra. Me enfurecía ver los documentales en televisión donde las moscas bebían agua de los ojos de los niños en África. Nadie las espantaba, ni siquiera la persona que estaba filmando. El camarógrafo de NatGeo nomás filmaba a las moscas bebiendo lágrimas.

Una vez, cuando le dije a Julio que estaba cansada de estar encerrada en la casa, planeó una excursión.

Era la primera vez que saldría de la casa desde mi llegada. Me quité el uniforme de sirvienta y me puse mis pantalones de mezclilla y una camiseta. No había usado esa ropa desde el día que llegué con Mike. Podía sentir que mi cuerpo era diferente dentro de mi ropa vieja. Era el resultado de caminar en mármol en vez de veredas de tierra, de dormir en el aire frío bajo un altero de cobijas, y de ser amada por Julio noche tras noche.

Bajamos caminando por el cerro desde la casa de mármol hasta la playa de Caleta.

Julio me llevaba de la mano. Tú eres mi chiquita, dijo. No te vayas de mi mano.

Le gustaba tratarme como una niña. Yo esperaba que en cualquier momento se sacara un pañuelo desechable del bolsillo y me limpiara la nariz. Actuaba como si me estuviera llevando a la dulcería. A mí me encantaba ser su bebita, por eso brincoteaba a su lado y olvidaba que era un asesino.

Julio compró boletos para que cruzáramos la bahía hasta la isla de la Roqueta en una lancha con fondo de vidrio. Lo cierto es que él no quería que viera la arena y el mar ni la isla. No quería tampoco que viera el zoológico de la isla con el viejo león cuyo rugido atravesaba la bahía y podía oírse en las mañanas sin viento. Julio quería que viera la estatua de bronce de la Virgen María que está en el agua, sumergida en el mar. La llamaban la Virgen de los Mares.

Ahora verás a la madre de las aguas, dijo. Protege a los náufragos y a los pescadores. A los ahogados también.

La lancha iba sumida en el agua como una amplia canoa. Julio y yo nos inclinamos para mirar por el vidrio que nos dejaba ver todo lo que se movía debajo de la lancha. Después de un rato vimos su figura bajo las olas.

El mundo submarino se veía verde tras el vidrio entintado de la lancha. La Virgen era verde botella en la luz verde con una corona en la cabeza. Estaba rodeada de peces. Tenía caracoles marinos en los hombros. También era un pozo de los deseos. Había monedas a su alrededor en el suelo marino que brillaban con resplandores plateados en el santuario.

Cuando nos mecíamos sobre ella, Julio dijo: más vale que recemos. Inclinó la cabeza y juntó las manos.

Entre más entro más encuentro; y entre más encuentro más busco, dijo en voz alta. Amén. Amén.

¿Rezas en voz alta?

¿Tú vas a rezar?, preguntó.

Esa noche en la cama king size, Julio me tomó entre sus brazos.

Tenía que enseñarte que soy un ahogado, ahogado igual que ella, igual que María, que duerme en el mar toda la noche en lo oscuro de lo oscuro, dijo. Todos creen que estoy en el fondo del río. Mi madre también lo cree. Es demasiado peligroso para mí estar vivo. No puedo soñar en las noches. Hay una gran diferencia entre vivir en la oscuridad con una vela y vivir en la oscuridad con una linterna. Yo tengo una linterna pero quiero una vela.

¿Tu mamá también cree que estás muerto?

Sí. Todos rezan por mí.

¿No le puedes avisar? Necesita saber que estás aquí.

Mi familia se acuerda que yo era el corredor más rápido y el que mejor saltaba. Ganaba todas las carreras. Siempre era el ganador. Le hubiera ganado a correr a ese guardia fronterizo. No lo vi, ni lo oí. Mi madre está diciendo: a Julio nunca jamás lo hubieran agarrado. Antes se ahoga. Y eso hice. Tú amas a un ahogado, Princesa Ladydi. Cuando me besas, ¿pruebas el río? Pusieron una cruz para mí, una cruz blanca, en el lugar por donde crucé.

¿Con tu nombre?

Para la policía de Estados Unidos esa cruz blanca de madera es la mejor prueba de que estoy muerto. Está en mi expediente del FBI. Imagínate, para el FBI una cruz de madera a la orilla del río con unas flores de plástico es la prueba contundente de que mi familia cree que estoy muerto.

¿Con tu nombre?

No me llamo Julio.

Por la ventana panorámica de la recámara principal en la casa de mármol podíamos ver más allá del jardín y del gran caballo de bronce, hasta la bahía resplandeciendo con luces nocturnas. Cuando me asomé después de nuestra excursión, ya sabía que una virgen vivía bajo el agua azul.

Como yo era una persona que nunca había experimentado el clima frío, me encantaba cerrar las puertas y subirle al aire acondicionado hasta que el cuarto estaba helado. Los dientes me castañeteaban. Parecía que se me iban a romper unos con otros. Nunca había sentido esa clase de frío. Me encantaba. Hasta el dolor me encantaba.

¡Este cuarto es el Polo Norte!, decía Julio.

Nunca me pidió que apagara el aire acondicionado.

Yo juntaba todas las cobijas que encontraba en la casa y las amontonaba en la cama. Nunca había dormido en un cuarto frío bajo cobijas.

Es porque creciste en la selva, dijo Julio. Yo crecí cerca del desierto y ahí llega a hacer mucho frío.

En la noche, en nuestro iglú acapulqueño, Julio me contó su filosofía.

La vida es un lugar loco, descompuesto, alrevesado, de sal revuelta con azúcar, donde los ahogados pueden caminar en tierra firme, dijo. Como los grandes forajidos, sé que voy a morir joven. Ni siquiera pienso en la vejez. Ni siquiera me entra en la imaginación.

Tú me has domado, respondí. Levanté su mano de la almohada y con ella me esposé la muñeca.

Julio pensaba que la gente se podía dividir en gente del día y de la noche. Decía que las palabras también se podían dividir así. Las palabras feas de la noche, según él, eran palabras como rabia y náusea. Las palabras bonitas de la noche eran palabras como luna y leche y palomilla.

Cuando Julio y yo nos movíamos bajo las cobijas, chispas eléctricas crepitaban e iluminaban nuestra cama.

Nunca habíamos visto algo así, más que en el cielo.

Hacíamos el amor entre los rayos de las cobijas de lana.

16

Las llamadas telefónicas de mi madre siempre traían noticias de nuestra montaña. Estéfani y sus hermanas nunca regresaron de la Ciudad de México después de que su madre, Augusta, murió de sida. Sofía, la abuela de Estéfani, que manejaba el minisúper OXXO junto a la gasolinera de Pemex, había empacado sus cosas y se había ido a hacerse cargo de sus nietas huérfanas.

Mi madre me contó que Paula y su mamá de veras desaparecieron. Nunca se volvió a saber de ellas.

También me enteré de que la herida de María había sanado y que ella y su madre seguían en nuestra montaña.

Y ya me agarró la tristeza, dijo mi madre.

Ay, mamá. Por favor no me digas.

Ando toda mal por dentro.

Eso quería decir que me extrañaba, pero nunca lo iba a decir.

Algunas mañanas Julio y yo salíamos al jardín y nos pasábamos todo el día allí.

Él me subía al caballo de bronce y yo galopaba.

17

Siete meses transcurrieron en la casa de mármol vacía.

Un día llamó mi madre. Andaba encabronada. Dijo que llevaba días tratando de llamar.

¿Por qué no contestas tu teléfono?, preguntó. ¡Con una chingada, te estoy llame y llame! ¿Qué, ya te olvidaste de mí? ¿Eso hiciste?

Aquí estoy.

Si no te encontraba hoy, me iba a lanzar directo a Acapulco.

Por favor, cálmate. ¿Para qué exageras? Hablamos hace una semana.

Ocurrió algo. Aquí nunca pasa nada y ahora ocurrió algo, dijo.

¿Qué?

Escucha.

Te escucho, mamá.

¿Me oyes?

Sí, te oigo bien.

Arrestaron a Mike. Lo van a trasladar a la Ciudad de México.

¿Por qué a la Ciudad de México?

Dicen que mató a un hombre. ¡Dicen que mató a una niñita!

¿Qué?

Mike dice que tú estabas con él. Que iban en un autobús.

Lo recordaba. Había unos vestidos de niña secándose al sol en las pencas de maguey. Había plumas de gaviota en el suelo.

No podía ni tragar saliva, se me acumuló en la boca más y más, hasta que tuve que escupirla en mi mano.

Mike dice que tú estabas con él. Que iban en un autobús.

Tenía el teléfono en una mano y el escupitajo de saliva en el hueco de la otra.

Tienes que venirte para acá de inmediato. Quieren que vayas a la Ciudad de México a declarar. Mike dice que tú puedes hacer que lo liberen. Va a ser rápido. ¡Diles la verdad! Dice que tú sabes lo que sucedió.

Tuve un sueño en aquel automóvil. Estaba con María, mi amada hermana que era el vivo retrato de mi padre. En el sueño la llamaba hermana, hermanita. Mi sueño me decía que era ella a quien yo más amaba. Yo no lo sabía, ni siquiera cuando tuve su brazo roto y sangrante entre mis brazos. La palabra hermana en el sueño me despertó como si me hubiera despertado el tronido de un cohete o un balazo en el aire. La palabra me despertó como si fuera un estallido. Gaviotas blancas volaron sobre la choza y los rottweiler y el hombre flaco. Quizá los pájaros eran nubes. Quizá las nubes eran pájaros. Una niña vestida de blanco recogía plumas del suelo. El tatuaje de la rosa roja de Mike llenaba el auto de perfume de rosas. Lo obedecí cuando me dijo que le guardara la heroína. Lo obedecí y metí el ladrillo de heroína en mi mochila negra con el cierre descompuesto. Obedecí.

Ya no te oigo, mamá. Yo te llamo.

Colgué el teléfono.

No había necesidad de empacar mi maleta y tomar el autobús

a la Ciudad de México. No tenía que subirme a ese asfaltado tan conocido, tan gastado y salpicado de basura esparcida, guantes perdidos, condones usados y viejas cajetillas de cigarros.

No tenía que tomar la autopista que mi abuela había tratado de cruzar llevando una jarra de leche. No tenía que tomar la carretera que había sido siempre un río de sangre y de leche blanca mezclada con aceite de coche.

No tenía que tomar la carretera que había matado a por lo menos veinte personas desde el día que nací, además de perros, borregos, cabras, caballos, gallinas, iguanas y serpientes.

No tenía que tomar la autopista punteada con gotas de sangre del balazo de María.

No.

No les mencioné la llamada de mi madre a Julio ni a Jacaranda.

Sentí como si por dentro mi cuerpo estuviera verde como los leños verdes que no pueden arder en el fuego. Me sentía demasiado joven para estar en el mundo exterior.

Ni siquiera tenía un par de zapatos.

Tres días después llamaron a la puerta.

Julio, Jacaranda y yo estábamos en la cocina, desayunando.

Nunca había llamado nadie a la puerta. Quienquiera que fuera volvió a tocar y luego tocó el timbre. Más que tocarlo, pegó el dedo en el botón de plástico y ya no lo soltó. El sonido aullaba por toda la casa como una sirena.

Julio se levantó de la mesa y salió al jardín. Jacaranda y yo caminamos hacia la puerta principal. Estaba abierta de par en par.

A la entrada había tres policías. Tenían las caras cubiertas con pasamontañas de lana y llevaban ametralladoras. Venían por mí. Querían registrar la casa.

Sí, pasen, dijo Jacaranda.

Los policías nos hicieron caminar junto a ellos mientras revisaban todas las habitaciones. Cuando inspeccionaron la recámara principal, forzaron la puerta del vestidor al que nunca habíamos entrado.

En el lugar donde yo esperaba ver vestidos caros, hermosas blusas y suéteres, y trajes de noche de terciopelo o de satín con lentejuelas había una gran bodega. En vez de zapatos satinados de tacón alto y abrigos de piel, la habitación albergaba cientos de rifles de asalto, miles de cartuchos, dinamita, granadas y docenas de chalecos a prueba de balas apilados en varios alteros. Incluso había algunas armas arropadas como bebés con banderas de Estados Unidos.

Julio y yo habíamos hecho el amor al borde de una matanza.

Lo primero que hizo uno de los policías en mi cuartito fue levantar el colchón de la cama.

Las palabras de mi madre me llegaron atravesando los cerros y bajando por la carretera directo hasta mí: ¡sólo una idiota esconde cosas debajo del colchón!

Los policías agarraron el ladrillo de heroína y la libreta de Paula con las fotos y me dijeron que hiciera mi maleta.

Julio nunca se despidió. Saltó la barda del jardín en cuanto se dio cuenta de que había policías a la puerta. Estoy segura que creyó que venían por él. Él y sus deliciosos besos de rosa y de magnolia desaparecieron para siempre. Se ahogó en el río.

¿Nos quebramos a la abuela?, preguntó un policía.

¿Será a prueba de balas?, respondió otro de los policías, y luego le disparó.

Jacaranda cayó de espaldas al mármol.

Su cuerpo yacía en el frío mármol.

La sangre roja de la cabeza empapaba su pelo canoso sobre el mármol blanco. Tenía los ojos abiertos y fijos como los ojos de vidrio de los animales disecados de África.

Un policía me esposó y me metió a empujones a una patrulla. Avanzamos por las desmañanadas calles siguiendo los señalamientos hacia el aeropuerto. Por la ventana de la patrulla pude ver las calles sucias y las hileras interminables de tiendas de camisetas con las cortinas de metal cerradas.

Vi a un pescador caminando hacia la playa con una caña al hombro y una cubetita roja de plástico para niños en la mano.

Miré hacia el océano Pacífico, al lugar donde sabía que la Virgen María se estaba ahogando bajo las olas.

El anillo con diamante de la señora Domingo seguía en mi mano. Volteé el diamante hacia dentro, hacia mi palma, para que pareciera que sólo traía una alianza de oro.

Sabía que un helicóptero del ejército me llevaría a la Ciudad de México. Mi crimen era demasiado importante para ser procesada en el estado de Guerrero. Gracias a la televisión, ya había hecho todo esto antes. Sabía exactamente lo que iba a pasar.

Sabía que iba a ir directo a la cárcel de mujeres porque era testigo y cómplice del asesinato de una niñita que era hija de uno de los narcotraficantes más importantes de México. Éste era el crimen que había acaparado la atención de todo el país.

Si no hubiera dejado de ver la tele en la casa de mármol, habría sabido que el brutal asesinato de una niña había conmocionado al mundo. Habría sabido que un maestro de una comunidad rural declaró que los zopilotes fueron los que lo condujeron hasta la choza. Le dijo a un reportero que había más de veinte zopilotes volando y que parecían una nube de plumas negras nadando en el aire.

En el helicóptero me senté de espaldas al piloto. Sólo se subió un policía y se sentó justo enfrente de mí. Tenía que ir inclinada hacia delante porque mis manos seguían esposadas por detrás de la espalda.

Cuando despegamos y nos elevamos sobre el puerto de Acapulco, el helicóptero viró hacia la Ciudad de México. Miré por la ventana y hacia la selva. Me empezó a dar frío en los pies con mis chancletas de plástico conforme ganamos altitud.

Había dos bombonas metidas en medio de los dos asientos frente a mí. Tenían una etiqueta con el símbolo de la calavera y los huesos cruzados del veneno. En grandes letras negras leí la palabra «Paraquat».

18

No me molesté en mirar por la ventana cuando el helicóptero sobrevoló la Ciudad de México. Siempre había creído que visitaría la ciudad para ver sus parques, museos, y el famoso zoológico y el castillo de Chapultepec, pero ahora sabía que eso nunca iba a suceder.

El guardia sentado frente a mí seguía con el pasamontañas de lana puesto. El sudor del pelo le goteaba por el cuello y por el frente de la camisa. Sudaba tanto que hasta su mano, apoyada en la ametralladora, relucía. Sus ojos se asomaron por los orificios en la lana y miraron los míos.

Todas ustedes son una bola de muchachitas imbéciles, dijo.

Aparté la vista de él y miré por la ventana el Popocatépetl, que exhalaba de su cráter una larga columna de humo.

El guardia cabeceó hacia delante y hacia atrás.

Son unas perras estúpidas a las que sólo les importa el dinero.

Tenía las manos esposadas por detrás de la espalda y sentí el diamante en mi palma.

Hacía mucho, mi madre me había enseñado cómo protegerme de un hombre. Me dijo que le picara los ojos con el dedo índice, que se los sacara así nomás como almejas de la concha. No me enseñó qué hacer si estaba esposada.

Ojalá yo nunca tenga una hija, dijo el guardia.

Sacó un chicle y lo metió por el orificio de la boca en su máscara. Su boca empezó a moverse por debajo de la lana, bajo la pequeña apertura redonda, al masticar.

Si tuviera una hija, dijo, escupiría.

19

En la Ciudad de México, antes de que me ficharan formalmente y me llevaran a prisión, me exhibieron ante la prensa en una sala en el aeropuerto.

Me hicieron pararme detrás de una larga mesa cubierta con docenas de rifles, pistolas y cartuchos. Era el arsenal encontrado en la casa de Acapulco. Los reporteros gritaban preguntas y las cámaras de televisión filmaban mi cara.

¿Quién la mató, tú o Mike?

¿Por qué le dispararon así en la cara?

¿Por qué? ¿Por qué mataron a una niña inocente?

¿Qué pasó en ese rancho?

¿Eres novia de Mike?

Cuando los reporteros vociferaban sus preguntas, bajé la cabeza, pegué la barbilla al pecho, y miré hacia mi corazón para que no me pudieran fotografiar la cara. Pero luego me acordé de algo. Levanté la vista.

Levanté la vista y dejé que me filmaran, mis ojos iban a atravesar la cámara. En dos segundos la imagen de mi cara sería transmitida hasta el cuenco de la antena parabólica blanca que había comprado mi padre. En dos segundos la imagen de mi cara sería transmitida directo hasta la pantalla de televisión y directo hasta mi casa de dos cuartos en nuestra montaña. Sabía que si levantaba la vista a las cámaras, vería a mi madre sentada frente a la televisión con una cerveza en la mano y un matamoscas amarillo de plástico en la rodilla. Miré la cámara y a lo profundo de los ojos de mi madre y ella me devolvió la mirada.

Tercera parte

20

La cárcel de Santa Martha en el sur de la Ciudad de México era el salón de belleza más grande del mundo. El aroma amargo y cítrico de los tintes de pelo, fijadores en aerosol y barniz de uñas permeaba las habitaciones y corredores del edificio.

Los aromas me recordaron el día que le arreglaron el labio leporino a María. Fue el día que una bandada de zopilotes volaba en círculos sobre nuestra casa. Y también fue el día que mi madre se enojó con la adivina de Acapulco porque la mujer nunca le predijo que tendría que enterrar a alguien.

¿Le diría esa adivina a mi madre que su hija iría a dar a la cárcel?

En la oficina del reclusorio donde me ficharon había un pizarrón en la pared. Garabatos de gis blanco daban cuenta del número de reclusas extranjeras y de los niños. En la cárcel había setenta y siete niños, todos menores de seis años. Había tres reclusas de Colombia, tres de Holanda, seis de Venezuela, tres de Francia, una de Guatemala, una del Reino Unido, dos de Costa Rica, una de Argentina y una de Estados Unidos.

Después de que me ficharon y me tomaron mi fotografía y mis huellas digitales, me dieron un par de pants limpios color beige y una sudadera beige y me dijeron que me cambiara. La ropa estaba tan raída que podía ver mi piel bajo el tejido. ¿Cuántas mujeres habrían metido los brazos en esas mismas mangas antes que yo?

El reclusorio era un tablero de ajedrez de cuadros beige y azul marino. Las mujeres de beige esperaban juicio y las de azul ya habían sido sentenciadas. En la cárcel aprendí que a todas les daba hambre de amarillo o verde, como si los colores fueran comida.

Nadie me dio un par de zapatos o tenis.

Caminé por el reclusorio con mis chancletas rojas de plástico con rastros de arena de la playa de Acapulco entre mis dedos.

Una guardia me llevó a empujones por el laberinto octogonal de corredores hacia mi celda. En vez de ventanas, largas aperturas rectangulares en los muros de cemento, como cuchilladas, daban al patio principal, donde unas cuantas mujeres vestidas de azul marino pateaban una pelota.

Enfrente del edificio, del otro lado del patio, estaba el reclusorio masculino. Tan cerca, que se oían los gritos y alaridos por encima de la barda. Los reclusos y las reclusas se podían hacer señas desde algunos puntos.

Mi celda tenía una litera. Cuando te acusan de haber matado a la hija de uno de los narcotraficantes más importantes del país, te dan un tratamiento especial. Te toca compartir celda con sólo una reclusa más. La mayoría de las reclusas tenían que compartir cuarto con cuatro personas, por lo menos; dos por cama. Me pusieron en una celda con una extranjera porque así era más difícil que me mataran por órdenes de afuera. Yo lo sabía. La persona que había matado a esa niñita no tenía la menor posibilidad de vivir, no por mucho tiempo.

La mujer que compartía mi celda también vestía de beige y era tan pequeña que traía los pants arremangados hasta los tobillos para no tropezar. Tenía el pelo restirado en una larga trenza negra que le bajaba por la espalda, y cuando volteó hacia mí pude ver que su manga izquierda colgaba suelta y vacía, cayendo desde su hombro como una bandera en un día sin viento.

Desde el momento en que me sacaron de la casa de Acapulco y me trajeron a la cárcel, no podía oír la voz de mi madre. Ya iban casi cuarenta y ocho horas de silencio. Oía correr la sangre por mi cuerpo y era como el eco del océano de Acapulco.

Cuando miré a la mujer diminuta como niña, la voz de mi madre volvió. Sus palabras cruzaron la selva, se remontaron sobre las plantas de piña y las palmeras, viajaron por encima de las montañas de la Sierra Madre, pasaron el volcán Popocatépetl, bajaron al valle de la ciudad de México, recorrieron las calles sin árboles y llegaron directo hasta mí.

Bueno, ¿y qué diablos le pasó a tu brazo?, la oí preguntar.

Chas, chas, chas, respondió la mujer.

Al instante me di cuenta de que todo lo que decía la mujer era pum pum esto, y pas pas aquello, y clonk clonk, cuas cuas, bang bang.

Otra vez oí a mi madre. Justo dentro de mi cabeza dijo: ¡bueno, bueno, bueno, pero miren nada más! ¡Es Miss Onomatopeya en persona!

Miss Onomatopeya se llamaba Luna y era de Guatemala. Señaló la litera de arriba con el dedo índice de la mano derecha, su única mano, y me dijo que la litera de arriba era la mía. Tenía uñas postizas largas y cuadradas de acrílico pegadas sobre sus uñas de verdad y cada uña estaba pintada de blanco y negro con un diseño de cebra.

Una salvadoreña ocupaba ese lugar pero se fue ayer. Ojalá esté limpio, dijo Luna.

Seguro que está bien.

Aquí nada está bien. Lo único que esa mujer decía era Dios. Decía Dios todo el día como si esa palabra fuera el latido de su corazón.

Una mujer vestida de azul apareció y se quedó parada en el marco de la puerta. Era tan voluminosa que bloqueaba gran parte de la luz del corredor. Tenía el pelo negro y corto y uñas largas pintadas de amarillo. Ya había sido sentenciada. Si vestías de azul, no tenías esperanza. Si vestías de beige, tenías esperanza.

Así que tú mataste a la nena, dijo. Tú fuiste.

Negué con la cabeza.

Toca el piso.

Esperé un momento y lo volvió a decir: ¡toca el piso!

Me acuclillé y toqué el suelo con los dedos.

Estás en la cárcel, dijo. A todas las que entran aquí les digo que toquen el piso en cuanto llegan para que sepan exactamente dónde están. ¡Ahora tú tienes que decidir si dejaste tu chocho allá afuera o lo trajiste contigo!

La mujer se hizo a un lado y la luz que su cuerpo obstruía inundó mi celda. Ella olía a sangre y tinta. Olía a rojo y negro. Yo seguía agazapada tocando el suelo cuando se fue.

Violeta, ella es Violeta. Mató a dos, no, a tres, no, a cuatro, no, a muchos hombres. Pum, pum, pero con un cuchillo, chas, chas, zas, zas.

¿Cuántos hombres?

Muchos. Le hace tatuajes a todo el mundo y le encanta la cárcel porque aquí hay mucha piel.

El sol que entraba por la angosta ranura de la ventana del cuarto se sentía frío.

Yo no sabía que el sol podía ser frío.

Luna me explicó que no había lugar para guardar nada, pero que podía poner mis cosas en un espacio bajo su litera.

No tengo cosas.

Con el tiempo las tendrás.

No. Esto es un error.

¿Tú la mataste? La mataste, ¿verdad?

Miré a los ojos negros de Luna.

Era pequeñita, una india maya de Guatemala de piel muy morena y pelo negro lacio. Yo era una mestiza mediana de sangre española e india de Guerrero, muy morena y de pelo rizado, lo cual probaba que también tenía algo de sangre esclava africana. No éramos más que dos páginas de los libros de historia del continente. Podían arrancarnos y hacernos bolita y tirarnos a la basura.

¿Tú qué crees?, pregunté.

¿Qué?

¿Crees que maté a esa niña?

Claro que no, respondió. Dicen que fue con una AK-47. Tú ni has de saber cómo se usa una de ésas.

La voz de mi madre resonó a través de mí. La oí decir: esta india guatemalteca es un amor.

Luna dijo que yo podría tomar prestado lo que fuera de sus cosas menos su cepillo de dientes.

Aunque apenas era mediodía, me trepé a la cama y me acosté. El olor a salón de belleza del reclusorio se concentraba allí arriba. Olía a quitaesmalte de acetona mezclado con fijador de pelo de limón. El techo de concreto sin pintar estaba a treinta centímetros de mi cara. Si me daba la vuelta y me acostaba de lado, podía rasparme el hombro y la cadera contra el áspero cemento.

En la cárcel todo el mundo está extrañando algo, dijo Luna.

Me acurruqué y traté de olvidar que tenía frío. No tenía cobija. Si quería una cobija o una almohada tenía que comprarlas. En la cárcel todo se tenía que comprar.

Había un grafiti escrito con tinta negra en la pared, exactamente a la altura de mis ojos y los de cientos de mujeres que se habían acostado en esa litera antes que yo. La mayor parte del grafiti eran corazones de enamorados con iniciales dentro. También grabada en el cemento estaba la palabra «Tarzán».

Cerré los ojos. Podía oír a mi madre decir: ¡y tuviste que ir a dar a la cárcel a compartir cuarto con una india manca de Guatemala!

También sabía que aunque nos enorgullecía ser la gente más enojona y mala de México, mi madre no podía dejar de llorar porque su hija estaba en la cárcel. Las moscas le estaban bebiendo sus lágrimas.

Cuando pensaba en mi casa, también sabía que el inhalador de asma de plástico azul claro del narcotraficante seguía tirado en el pasto verde bajo el papayo. Sabía que se quedaría allí tirado por cientos de años.

Dormí el resto del día y toda la noche. La luz del amanecer me despertó junto con el reciente barullo del tráfico. Era la primera vez que despertaba sin oír pájaros. Afuera llovía, lo que hacía que las paredes y el piso de concreto parecieran paredes y pisos de hielo.

En la noche, Luna me había tapado con una cobija y un par de toallas. Los pequeños actos de bondad podían ponerme de cabeza. Jamás hubiera creído que alguien que le había disparado a un niño para meterse a una casa a robar, que había matado a doce viejitas para quitarles sus anillos de boda, o que había asesinado a dos maridos pudiera prestarme un suéter, darme una galleta o saludarme de mano.

Luna también me había metido los pies en bolsas de plástico de supermercado para que no se me enfriaran en la noche.

Julio decía: la vida es un lugar loco donde los ahogados pueden caminar en tierra firme.

Ahora sabía que él tenía razón. Tardé sólo un día en darme cuenta de que estar en la cárcel era como traer un vestido al revés, un suéter mal abotonado, o el zapato en el pie equivocado. Mi piel estaba por dentro y todas mis venas y huesos por fuera. Pensé: más me vale no chocar con nadie.

21

Venía atada a un tren, al tren de migrantes que va del sur de México a la frontera de Estados Unidos, atada con una cuerda azul de tendedero, dijo Luna.

Yo podía ver la sangre moverse por sus venas y bajar por su brazo izquierdo y detenerse en el pequeño muñón, que era todo lo que quedaba de su brazo, como una rama de árbol mal cortada con un serrucho sin filo.

Sabía de lo que hablaba Luna porque Julio me había contado que en México había dos fronteras que cortaban al país en cachos. La frontera horizontal es la que divide Estados Unidos y México. La frontera vertical viene de Centroamérica, atraviesa México, y llega a Estados Unidos. Sobre todo son hombres quienes toman el tren de Centroamérica a la frontera. Es mucho más barato. Las mujeres prefieren tomar el autobús porque es más seguro. Julio, como todos, llamaba al tren La Bestia.

¿Tomaste La Bestia?

Nos amarramos al tren porque te quedas dormida, me explicó Luna. No lo puedes evitar. Imagínate quedarte dormida a esa velocidad. Yo iba atada a un barandal. Me dormí y me resbalé y caí junto a las vías, y el tren me arrancó el brazo y lo perdí y por poco me muero.

Lo dijo de corrido sin tomar aire.

Dijo que le gustaba estar en la cárcel porque podía orinar cuando quisiera.

No te quieres bajar a orinar cuando el tren se detiene unos minutos porque los hombres se bajan y te miran, se burlan de ti cuando te acuclillas junto a las vías, o te violan. Todas las mujeres, todas nos aguantamos las ganas. Duele. No quieres beber nada y si no tomas líquidos, pues, ya sabes, te mueres.

¿Te fuiste de Guatemala tú sola?

El tren me arrancó el brazo y por poco me muero, y de todas formas me querían deportar. Los agentes de migración no me creyeron cuando les dije que era mexicana. Me dijeron que si era mexicana cantara el himno nacional.

¿Te lo sabes?

Luna negó con la cabeza.

Me acordé del día que me senté bajo un papayo con Paula y María a repasar la letra del himno. Paula y yo nos lo aprendimos todo muy fácil como si fueran sonidos sin sentido, pero María se tomaba las palabras muy en serio. ¿Eso qué quiere decir, exactamente?, dijo. ¿Qué es eso de mexicanos al grito de guerra? ¿Por qué retiembla en sus centros la tierra?

Yo no maté a esa niña. Nunca podría hacer algo así. Yo estaba en un automóvil, encerrada en un automóvil.

Luna desenrolló un trozo de papel de baño y me lo pasó para que me sonara la nariz.

No estoy llorando, dije.

Claro que sí.

Claro que no.

Luna me explicó que, aunque se suponía que iban a notificar

a mi madre, pues yo les había dado su número de teléfono a los funcionarios que me ficharon, probablemente no la llamarían.

Aquí son lentos, lentos, lentos para todo si no tienes dinero. El dinero es una carrera de autos. El dinero es velocidad.

Podía sentir el diamante de la señora Domingo dentro de mi palma, encerrado en mi puño.

Tienes que conseguir que alguien te preste un teléfono, dijo Luna. Le tienes que hablar a tu mamá o a alguien. ¿Tienes a alguien más?

No, no tengo a nadie más.

¿Eres casada? Luna miró el anillo de oro en mi dedo.

No.

Georgia te dejará hacer una llamada. Es la única que quizá te preste el teléfono sin que tengas que pagar.

¿Todas saben que estoy aquí porque creen que maté a esa niña?

Sí.

Alguien me va a matar, ¿verdad?

Luna no respondió. Se dio la media vuelta y salió de la celda.

Pensé: si Mike está vivo, está muerto.

En la pequeña celda, la litera ocupaba casi todo el espacio. En el hueco como cueva de la cama de Luna, ella había puesto unos clavos en la pared. En ellos había colgado por lo menos diez mangas que había cortado de suéteres, blusas y camisetas de manga larga. Todas eran beige, y la pared parecía cubierta de serpientes.

Minutos después, Luna regresó y se quedó junto a mí mientras yo miraba las mangas enganchadas en la pared.

No le tuve ninguna consideración a mi brazo, dijo. No le di un lugar especial en mi vida. Estoy guardando estas mangas porque le voy a hacer un altar a mi brazo.

Buena idea.

¿Tú les das a tus brazos un lugar importante en tu vida?

No. No lo he hecho.

Escucha. No te me separes. No te vayas a ir por ahí tú sola.

¿Tú me crees, Luna?

Sí, a lo mejor, quizá te creo. Tal vez.

Tocaron a la puerta. Había una mujer ahí parada vestida de pants azul marino. Traía una bombona en la espalda y sostenía una larga y delgada manguera de metal en la mano.

No, no, dijo Luna. Se levantó y alzó su única mano.

¿Quieren chinches y pulgas?, preguntó la mujer en un susurro.

La vieja y abollada bombona estaba corroída en la parte de las uniones y una pasta amarillo oscuro, como mocos, se había formado en la boca de la manguera.

Mierda, dijo Luna. Vámonos de aquí. Va a fumigar. Haz lo que tengas que hacer, Aurora.

Aurora era pálida como esos ciempiés o gusanos que una encuentra debajo de las piedras. Son pálidos porque son criaturas que nunca se han expuesto al sol. De niña me gustaba despegar las piedras del suelo o voltearlas con el pie para buscar insectos blancos o transparentes. El pelo castaño claro de Aurora era tan ralo que se le salían las orejas.

Ella es Ladydi, dijo Luna.

Ya sé, dijo Aurora con su voz airosa. Sálganse o quédense aquí. Como quieran.

Apretó fuerte los labios para que los vapores de la fumigación no se le metieran a la boca. Tenía las puntas de los diez dedos bien amarillas.

¿Tienes una aspirina?, preguntó Aurora.

Luna no respondió y la seguí fuera del cuarto. A nuestras espaldas oímos el sonido del atomizador accionándose mientras nuestra celda se llenaba de insecticida.

La verdad, ¿quién quiere pulgas y chinches?, dijo Luna. Te ves bastante limpia, pero más vale. No vamos a poder entrar en un rato. El tufo se queda y te da un dolor de cabeza que dura días. Ya has de tener hambre. Vamos por algo de comer.

Había dejado de llover, pero el cielo seguía nublado.

Seguí a Luna por el laberinto de corredores que eran todos iguales. La cárcel de hombres se veía a través de las largas ventanas sin vidrio en las paredes de concreto. Los rostros de los hombres en las ventanas miraban hacia nosotras. Cada tanto, alguno se ponía las manos alrededor de la boca para gritar algo o levantaba una camiseta blanca y la agitaba como loco hacia nosotras. Era como si la cárcel de mujeres fuera un barco que iba pasando y la cárcel de hombres una isla desierta con cientos de náufragos. En una corta mañana aprendí que los hombres hacen esto sin parar, todo el día, y si una mujer les devuelve el saludo, es amor por siempre jamás.

Y, a diferencia del reclusorio masculino que estaba tras cruzar el patio, el de las mujeres rebosaba de botes de basura llenos de algodones y trapos sangrientos. En este mundo de mujeres la sangre estaba expuesta en la basura, en la taza del excusado al que nadie le jaló la cadena, en sábanas y cobijas, y en los calzones manchados remojándose en la esquina de un lavabo. Me pregunté cuánta sangre saldría de este lugar cada día, fluyendo por el sistema de drenaje subterráneo de la Ciudad de México. Sabía que estaba de pie en un lago de sangre.

Luna me llevó a una sala amplia con mesas largas y bancas.

Las reclusas estaban sentadas por ahí, ocupadas en distintas actividades. Algunas comían, otras tejían, y había mujeres dándole pecho a sus bebés. Dos niños, como de cuatro o cinco años, jugaban en el piso con un tren hecho de cajitas de cereal unidas con estambre. En una mesa larga habían acomodado docenas de frasquitos de barniz de uñas y quitaesmalte; a su alrededor, por lo menos veinte internas estaban sentadas pintándose las uñas.

En la pared del fondo había un mural enmarcado por un letrero que decía: «Mural de corazones». La obra, que luego me enteré había sido pintada por las reclusas a lo largo de varios años, incluía retratos de mujeres mexicanas célebres: sor Juana, Emma Godoy, Elena Garro, Frida Kahlo y doña Josefa Ortiz de Domínguez.

Como ya no estaban sirviendo el desayuno, Luna le compró a una interna un sándwich para ella y otro para mí. En la cárcel todo el mundo tenía un negocio y todo tenía un precio, hasta el papel de baño o una toalla sanitaria Kótex.

Luna me dijo que ella no tenía ingresos pero recibía ayuda de una familia guatemalteca radicada en México que era parte de una organización evangélica que trataba de convertir a las internas.

Todos nos quieren convertir, dijo Luna. Mormones, evangelistas, bautistas, metodistas, católicos. Todos. Los misioneros vienen al penal los domingos, y a veces consiguen entrar en otros días, ya verás. En esta cárcel hay todo tipo de dioses.

Luna sugirió que saliéramos al patio a comer nuestros sándwiches.

Podemos conseguir un café y ver el fútbol y luego a ver si podemos hablar con Georgia, que es la que tiene el teléfono, dijo.

De un lado del patio, unas veinte mujeres jugaban fútbol. Las otras internas estaban sentadas alrededor en bancas. Cuando levanté la vista vi una colonia de rostros. Docenas de mujeres se asomaban por las ventanas. Al levantar la vista para el otro lado, vi el reclusorio masculino y sus caras también estaban mirando por las ventanas. Aquí, mirar por las ventanas era toda una actividad. Era una manera de vivir.

Esos hombres, dijo Luna, señalando hacia el reclusorio masculino, están buscando esposa. ¿Tienes marido?

No.

Si te casas, él puede venir a visitarte. Te dan un cuarto con cama y toda la cosa.

No. No soy casada.

Ninguno de esos hombres se quiere casar conmigo, dijo Luna. Por lo de mi brazo. Yo en realidad no quiero un marido, quiero un bebé. Quiero alguien a quien amar.

¿Aunque te quiten al niño?

En la cárcel, una mujer podía conservar a su hijo sólo hasta que cumplía seis años.

Por lo menos son seis años de amor, dijo Luna. Y luego puedes tener otro. ¿Tú quieres un bebé?

Sí.

Ésa es Georgia, dijo Luna, señalando a una de las mujeres que jugaban fútbol.

Georgia era alta y esbelta y se veía como de treinta años. Tenía pelo rubio y ojos azules. En el patio del reclusorio, sobresalía entre toda la piel y cabello oscuros. Parecía una barra de mantequilla en la mesa.

Es de Inglaterra, me informó Luna. Una mujer de la embajada británica viene a verla y le da dinero, y su familia también le manda.

¿Por qué está aquí? ¿Qué hizo?

Vino a México a un desfile de modas, dijo Luna. Trabajaba en el mundo de la moda. Traía unos zapatos.

¿Zapatos?

Sí, dos maletas llenas, de zapatos de plataforma, ¿sí sabes cuáles?, los que tienen la suela muy gruesa.

Sí.

Esos zapatos de plataforma estaban llenos de heroína.

¡Heroína! ¡Heroína! ¡Estás bromeando! ¿A qué idiota se le ocurre traer heroína a México?

Eso dice todo el mundo.

Pensé en los cerros y valles alrededor de mi casa sembrados de amapolas rojas y blancas. Pensé en los pueblos de nuestra montaña como Kilómetro Treinta o El Edén. Eran los pueblos ubicados en la carretera vieja a Acapulco y no en la autopista nueva que había partido nuestras vidas en dos cachos. Eran pueblos a los que sólo se podía entrar por invitación. Si entrabas por accidente nadie te iba a preguntar tu nombre ni te iban a pedir la hora, nomás te mataban. Una vez Mike me contó que en estos pueblos había mansiones enormes y laboratorios increíbles construidos bajo tierra para convertir las amapolas en heroína. Dijo que hacía unos años había ocurrido un milagro en Kilómetro Treinta. La Virgen María apareció en un trozo de mármol.

Los autobuses que tomaban esta carretera siempre iban en convoy. Tenían miedo de que los fueran a parar y asaltar. Era la carretera donde colgaban cuerpos decapitados de los puentes. Era la carretera donde los choferes de autobús juraban que en la noche habían visto a los fantasmas. Habían visto la cara fantasmal de un payaso o la imagen vaporosa de dos niñas tomadas de la mano caminando por la orilla de la carretera.

En esta carretera nadie se paraba a comprar dulce de tamarindo ni tortugas ni estrellas de mar vivas con sus cinco rayos retorciéndose en el aire seco.

Hay una gringuita que vive en El Edén, me contó Mike. Qué historia tan enrevesada. ¿Quién se viene para acá?

Me contó que uno de los capos del narco más importantes de México se la había traído y que apenas rondaba los catorce años. Es la tercera esposa de ese hombre y le gusta cuidar a los bebés de todas. No habla con nadie, dijo Mike. Le gusta hacer pasteles.

La gringuita se volvió una leyenda dentro de mí. Me la imaginaba caminando por nuestros caminos, bebiendo nuestra agua, parada bajo nuestro sol.

Mike me contó que en Navidad el capo mandó traer nieve falsa y cubrió las montañas de polvo blanco para darle un gusto a la gringuita. También mandó construir un árbol de Navidad gigantesco, con docenas de pinos traídos de un vivero cerca de la Ciudad de México. El narco puso el árbol gigante en medio de la plaza del pueblo y lo mandó cubrir de adornos navideños.

Pero eso no fue lo mejor, dijo Mike. Lo mejor fue que trajo renos al pueblo. Los trajeron en uno de sus aviones privados de un rancho en Tamaulipas.

¿Tú lo viste?, pregunté.

Sí. Imagínate, convirtió un cacho de Guerrero en el Polo Norte.

Rodeada de cemento, lejos del océano y las aves marinas y de mi madre, pensé: ¿cómo diablos sabía Mike todo esto?

Mi mano ansiaba voltearle la cara de un bofetón.

Yo escuchaba sus historias pero nunca lo escuchaba de verdad. Ahora entendía por qué él sabía toda esa información y por qué yo estaba en la cárcel acusada de matar a un capo del narco, a la hija del capo, y de la posesión de un paquete de heroína con valor de un millón y medio de dólares.

¿Dónde estás, Mike?

Pensé: voy a rezar por ti, Mike. Voy a pedir que te acuerdes de mí. Yo soy esa línea profunda, del meñique al pulgar, en la palma de tu mano derecha, Mike. La línea de la vida que se llena de tierra cuando se te olvida lavártela.

En mi mente estaba hablando con Mike, pero con mis ojos estaba viendo a dos docenas de mujeres jugar fútbol. Una tenía el apodo «Chicharito» tatuado en el brazo. Otra tenía una Virgen de Guadalupe de cuerpo entero en la parte externa del muslo derecho.

Juegan fútbol todos los días, dijo Luna. Aunque esté lloviendo tienen sus torneos. Los tres equipos son Arco Iris, Libertad y Barcelona.

Las mujeres corrían y se gritaban entre ellas. Desde aquí podía ver a Violeta que jugaba con un cigarro prendido en la boca. Corría de un lado a otro sin dejar de fumar nunca. La colilla humeante firme en su boca mientras ella se desplazaba. Cuando se acercaba a disputar el balón, echaba la cabeza para atrás, en un gesto que me recordó a un pájaro bebiendo agua. Lo hacía para no quemar a nadie con la brasa ardiente de su cigarro. Sus larguísimas uñas que ayer las traía pintadas de amarillo ahora eran verdes. Desde donde yo estaba sentada, a pocos metros, parecían largas plumas de perico saliendo de las puntas de sus dedos.

Violeta es la capitana, dijo Luna.

Mientras veíamos el juego, Aurora, que ya había acabado de fumigar nuestro cuarto, se acercó lentamente a nosotras. Todavía traía la bombona en la espalda. Se sentó a nuestro lado.

Ya pueden ir a su cuarto, dijo Aurora.

Yo me estremecí un poco por su olor. Ya había notado que las puntas de sus dedos estaban amarillentas pero, a la luz del día, me di cuenta de que su piel y el blanco de sus ojos también eran amarillos.

No, no vamos a entrar hasta al rato, dijo Luna.

¿Tienes una aspirina?, preguntó Aurora.

No me digas que ya te volviste a acabar las tuyas. ¡Te vas a agujerar la panza!

Me duele la cabeza.

Aurora se acostó. Se acurrucó sobre su costado en el piso de cemento frío y húmedo. Parecía el lugar más frío del planeta en esa mañana nublada. Yo quería tocarla y acariciarle la cabeza como si fuera un perro callejero. Pero, como con un perro callejero, me daba miedo tocarla porque podía contagiarme alguna enfermedad. Allí echada junto a mí, hasta me pareció ver que tenía sarna de un lado de la cabeza bajo su pelo ralo.

Si mi madre hubiera estado allí, habría dicho: ¡se merece que la atropelle un coche!

El partido de fútbol terminó y Luna le gritó a Georgia para que se acercara. Georgia se acercó lentamente con Violeta detrás, aún fumando su cigarro. Cuando llegaron con nosotras Violeta se acuclilló frente a mí para quedar cara a cara. Apoyó las manos en las rodillas de modo que al estirar los dedos las uñas quedaran ante su vista. De cerca ya no me recordaban plumas. Más bien parecían las garras de los halcones y los zopilotes que pululaban sobre mi casa allá en la selva. Las uñas de Violeta parecían capaces de pescar un ratón o un conejo y llevárselo. Esas uñas podían desgarrar carne. Podían hacerle pedazos la cara a alguien a arañazos.

¿Así que ésta es Ladydi?, dijo Georgia. Me miró. Sus ojos azules y mis ojos negros se encontraron. Sabía que ella estaba pensando: ¡así que ésta es la criatura prieta y fea que lleva el nombre de mi hermosa princesa!

Yo quería decir: perdón, pero nunca le había dicho perdón a nadie.

Pensé en todas las muñecas de Ladydi que tenía en casa. Hasta la fecha, las muñecas de lady Diana que mi padre me trajo de Estados Unidos seguían en mi cuarto en sus cajas originales de cartón y plástico para que el moho de la selva no las destruyera. Tenía una muñeca de lady Diana con su vestido de novia, una lady Diana con el vestido de noche que usó para conocer al presidente Clinton, y una muñeca de lady Diana en ropa de montar. Mi padre me había regalado incluso un juego de joyería de plástico de las perlas de lady Diana. Las usé hasta que se rompieron. Las perlas blancas de plástico estaban guardadas en una taza en la cocina.

Me sentía como dinero falso, ropa de diseñador falsa en el mercado de Acapulco, como una Virgen de Guadalupe hecha en China. Miré a Georgia y me convertí en plástico barato. Mi madre me había puesto el nombre más falso que encontró. ¿Cómo podía empezar a explicarle a esta británica que mi nombre era un acto de venganza y no un acto de admiración? ¿Cómo podía explicarle que mi nombre era un ajuste de cuentas por las infidelidades de mi padre?

De cerca, Georgia era tan pálida que podía verle las venas azules debajo de su piel. Tenía la cara cubierta de pecas, hasta en los labios y los párpados. Sus pestañas y cejas eran incoloras, así que nada enmarcaba sus ojos y parecían dos canicas azul cielo apoyadas en los cachetes.

Me dicen que quieres usar mi teléfono, dijo.

Sí. Por favor.

Esta vez no te voy a cobrar, pues las dos somos británicas, ¿verdad? Y, después de todo, eres una princesa.

Violeta y Luna se rieron. Aurora no parecía escuchar. Seguía enroscada a mi lado como un ciempiés blanco amarillento. Yo podía oler el insecticida que su cuerpo despedía en pequeñas ráfagas cuando respiraba.

Georgia metió la mano bajo su sudadera. Sacó el teléfono que traía escondido debajo de la ropa, escondido en una costura. Venía envuelto en un papel de chocolate Cadbury. Me dio el teléfono y pude ver que sus manos también estaban cubiertas de pecas.

Buena suerte, Princesa, dijo.

Y luego hizo una reverencia.

A Georgia la estimaban porque era extranjera y tenía dinero. Pero nadie respetaba su burdo delito. En la cárcel todo el mundo se burlaba de ella y le regalaba zapatos en su cumpleaños y Navidad. Siempre había alguien que la molestaba y le gritaba cosas como: oye, güerita, ¿cuándo traes a México unos tacos o un guacamole?

Para las que habíamos matado era diferente. Lo que nos tenían no era propiamente respeto. Era como el respeto que se le tiene a un perro rabioso. La gente nos sacaba la vuelta. Aquí nadie quería que las asesinas cocinaran ni que se ocuparan de la comida. Las presidiarias eran supersticiosas cuando se trataba de comer algo que hubiera tocado la mano de una asesina.

Georgia y Violeta se dieron la vuelta y se marcharon. Aurora se acurrucó en el suelo junto a mí.

Tengo hambre y sed, dijo Aurora. ¿Alguien tiene un chicle?

Aurora era como María. María pensaba que el chicle era un sustituto de agua y comida. El recuerdo inesperado de María me hizo querer cubrirme los ojos con las manos y desaparecer de la prisión hacia la piel morena de las palmas de mis manos. La última vez que vi a María, mi media hermana, mi dulce amiga con la maldición del labio leporino, fue cuando la metían en una camilla de ruedas a un cubículo de la sala de urgencias en la clínica de Acapulco con un tiro en el brazo.

Más vale regresar a nuestra celda para que puedas hacer tu llamada, dijo Luna. Para que no te cachen, en cualquier otro lugar te cachan.

Nos levantamos y caminamos hacia el edificio. Aurora se quedó acurrucada en el piso de cemento.

Georgia molesta a todas, dijo Luna. No te sientas mal por eso. Lo de mi brazo le importa un carajo. Se la pasa lanzándome cosas y gritándome que las atrape. A veces me llama Atrapa. Es mi apodo.

Al caminar por un territorio que parecía un tablero de ajedrez azul y beige, mis ojos ansiaban plantas verdes, pericos amarillos y rojos, océano y cielo azules. El color descolorido del cemento me hacía sentir calor y frío a la vez. Así que cuando me senté en mi celda, que aún olía a insecticida, no sólo llamé a mi madre. Llamé a las hojas, las palmeras, las hormigas rojas, las lagartijas verde jade, las piñas amarillas y negras, las azaleas rosas y los limoneros. Cerré los ojos y recé por un vaso de agua.

Luna se sentó a mi lado. Se sentó tan cerca que sentí sus costillas pegadas a mí donde debía haber estado un brazo. Su cara estaba llena de ilusión y esperanza.

Ay, recemos por que alguien conteste, dijo.

Luna se me pegó tanto que sentí que quería ponerse mis chancletas, meterse en mi uniforme de presa raído y en mi piel. Era como si estuviera llamando a su mamá.

Seguramente mi madre había estado parada en el claro todo el día y toda la noche. Sostenía el teléfono en alto hasta sentir el dolor y ardor del cansancio de sus músculos bajar desde sus dedos hasta su cintura. Yo sabía que había estado allí de pie y, preocupada, marcando su propio paso. No había nadie más. Todos se habían ido de la montaña y ella estaba allí sola, pensando en cómo se desmoronaba nuestro mundo. A Paula la raptaron y luego ella y su madre se fueron para siempre. A Ruth se la robaron. Augusta había muerto de sida y Estéfani estaba viviendo en la Ciudad de México con su abuela y sus hermanos. Me preguntaba dónde estarían María y su madre, pero sabía que habían abandonado nuestro pedazo de tierra y cielo. Después de todo lo que hizo Mike seguro buscaron un lugar donde esconderse. En el estado de Guerrero nadie se pregunta si alguien va a venir por ti, sabes que vendrán por ti, así que no te quedas a esperarlos.

Mi madre era la última alma viva en nuestra montaña. Estaba sola con las hormigas y los alacranes y los zopilotes.

El teléfono sonó y ella contestó.

¡Gracias a Dios que he sido ratera toda la vida, Ladydi!

Fue lo primero que dijo.

¡Gracias a Dios que he sido ratera toda la vida, Ladydi!

Fue lo segundo que dijo.

Voy a venderlo todo. Gracias a Dios que he sido una ladrona toda la vida y ahora puedo venderlo todo. Ladydi, escucha: tengo cinco cadenas de oro, varios pares de aretes y seis cucharitas de plata enterradas en una lata de leche al fondo de la casa. ¡A nadie se le ocurriría buscar allí! ¿No te parece perfecto? Dime dónde estás, mi dulce bebita. En dos días estoy allá. Adiós.

Mi madre colgó su teléfono. Ni siquiera esperó a que le dijera dónde estaba.

Entonces, ¿va a venir?, preguntó Luna.

Sí. En dos días.

Mi madre nunca vendría por mí, dijo Luna. Está en Guatemala. Ni siquiera sabe que estoy aquí. Ni siquiera sabe que su pequeñita perdió un brazo. Y claro que no le va a importar.

¿No le va a importar lo de tu brazo?

No la conoces.

Eres su hija.

Cuando me vea me va a preguntar dónde dejé mi brazo, como si hubiera olvidado un suéter o un sombrero y tuviera que regresar por él. No querrá que me quede con ella así manca. Dirán que no puedo trabajar en el campo y que ningún hombre se va a fijar en mí nunca.

Tiene que entender.

Mi madre dirá: ¿qué puedes cargar?

Uy, ¿de veras?

Nunca enterré mi brazo, dijo Luna. ¿Una entierra sus propios miembros?

No sé.

No sé. No sé dónde está ni qué le pasó a mi brazo.

¿Por qué te fuiste de Guatemala?

Porque quería tener dólares. Odiaba mi vida en Guatemala, dijo Luna.

¿La pasabas mal?

Mi marido me pegaba todos los días. No. No me pegaba. Me abofeteaba. Eso es lo que hacía. Zas, zas, zas. Todo el santo día. Mi mejilla se volvió parte de su mano.

¿Y viniste sola?

Sí, respondió Luna. Pensaba que cualquier cosa sería mejor que aquello, pero me equivoqué.

Sí, te equivocaste.

Todo tipo de gente está tratando de ir al norte, dijo. No te imaginas las cosas que intentan meter a Estados Unidos. Vi alteros de peces raya secos que parecían pedazos de cuero negro. Vi cajas llenas de orquídeas. La policía pasa los autobuses y los camiones por los rayos X. Los rayos X encuentran los esqueletos blancos de los inmigrantes. Ven los huesos humanos retorcidos y raquíticos y encuentran pumas y águilas, ven los esqueletos de los pájaros. Un hombre traía dos tucanes bebés en la bolsa de la chamarra.

Sí, dije. En Acapulco se roban los huevos de tortuga.

Luna dijo que teníamos que apurarnos y devolverle el teléfono a Georgia. Nunca nos lo volverá a prestar si no se lo regresamos rápido. Está contando los minutos.

Salimos de nuestra celda y regresamos a la sala amplia donde se juntaban las internas. Ya era tarde y algunas reclusas estaban tomando talleres. Se impartían clases de collage, pintura, computación, lectura y escritura.

En la sala una de cada tres internas se arreglaba el cabello. Dos mujeres sentadas frente a un espejo pequeño se pegaban pestañas postizas en el párpado superior.

Georgia estaba sentada a una mesa con Violeta. Le entregué el teléfono oculto en el envoltorio de chocolate y le di las gracias.

No hay problema, Princesa, dijo. Tú eres mi princesa así que lo puedes usar cuando quieras.

Sí, gracias.

Le van a traer su acta de nacimiento, ¿verdad?, Georgia le preguntó a Luna. ¿Le dijiste?

Sí, dijo Luna.

¿Cuántos años tienes?

Dieciséis.

Sabes que no tienes que estar aquí, ¿verdad? La ley dice que aún eres una niña, Princesa.

Mi mamá me va a traer mi acta de nacimiento. Ella ya sabe.

Tienes que salir de aquí antes de cumplir los dieciocho o no vas a salir nunca. ¿Verdad?

Violeta asintió con la cabeza. Eso me pasó a mí. ¡Yo entré a los diecisiete, pero me sentenciaron a treinta años cuando ya tenía dieciocho!

¡Asegúrate de salir de aquí antes de cumplir los dieciocho! ¿Cuándo es tu cumpleaños?

Hasta noviembre.

Entonces tienes tiempo suficiente, dijo Georgia. Pero apúrate. ¡Apúrate! Te lo digo porque eres mi princesa.

Violeta tosió. Tenía las manos en las caderas y sus largas uñas dobladas hacia su vientre.

Si te quedas aquí tienes que hacerte a la idea de que no existe nada más que esto. Que no existe nada más que esta cárcel y las mujeres en ella. Si piensas que existe cualquier otra cosa, no vas a sobrevivir, dijo Violeta con su voz ronca de fumadora.

¡Carajo, para qué le dices eso! ¿Qué quieres hacer, romperle el corazón?, dijo Georgia.

Sí. Sí. Necesita que le rompan el corazón, dijo Violeta.

Esa noche no había nada que hacer en la celda más que estar acostada en la cama y hablar con Luna. Algunas mujeres tenían radios en sus cuartos, pero Luna no tenía nada. No había luz, pues no tenía dinero para comprar un foco para el techo. Compraba el papel de baño por cuadro.

Me quedé acostada en mi litera en la oscuridad arriba de Luna en mi cama de cemento, que no tenía colchón. El cuarto aún olía a agrio por el insecticida. La dulce voz de Luna me llegaba de la litera de abajo.

Cuando veo a Georgia me acuerdo que mi madre una vez me dijo que la lluvia que cae cuando brilla el sol es lo que causa las pecas, dijo.

Así se forma un arcoíris.

Sí, pero también las pecas.

¿Violeta por qué está aquí?

Ha matado a muchos hombres, pero está aquí porque mató a su padre. No se arrepiente. Te lo repite una y otra vez. No se arrepiente de nada. Está feliz de estar aquí. Su padre mató a su madre. Violeta lo hizo por su madre y todas coincidimos en que hizo lo correcto.

¿Lleva mucho tiempo aquí?

Sí. Su padre nunca la abrazó pero cuando lo mató, cuando se estaba muriendo, se agarró de ella. Dice que tuvo que matarlo para que la abrazara.

Parece que no le caigo bien.

Ama a Georgia. Hasta le hizo un collage que le dio de regalo.

Luna dijo que a algunas internas les gustaba asistir al taller de collage. Lo impartía un hombre, un artista, que llevaba años dando clases en la cárcel.

Recortamos cosas de revistas, las pegamos en una cartulina, y contamos la historia de nuestra vida. ¿Quieres venir?, preguntó.

Sí. Claro.

Cuando una hace un collage, de veras se puede admirar a sí misma.

Oí que Luna daba un trago de agua y se daba la vuelta en la litera debajo de la mía.

¿Y qué con Aurora?, pregunté. ¿Ella por qué está aquí?

Aurora. Aurora. Aurora. Luna dijo su nombre como un suspiro.

¿Por qué está aquí?

Aurora le echó veneno para ratas al café.

22

A la mañana siguiente cuando abrí los ojos lo primero que vi fue la palabra «Tarzán» grabada en la pared. Era como si la pared tuviera un tatuaje para recordarme dónde no estaba. No había pájaros ni plantas ni el aroma de la fruta demasiado madura.

Luna ya se había levantado, oí sus movimientos. Parecía una ardilla debajo de mí. Podía oírla hurgando entre bolsas de plástico o tirándolas a un lado, abriéndolas con las uñas.

Carajo, alguien se lo robó. Carajo. Carajo.

Yo no tenía energía para preguntarle qué se le había perdido. Me quedé acostada en silencio. Oí el llanto de un bebé que llegaba del corredor y pensé en la lista en el pizarrón de la oficina. Había setenta y siete niños en este reclusorio y en la mañana hacían mucho ruido.

El día anterior, cuando Luna me llevó a recorrer la cárcel, pasamos por dos cuartitos que eran la escuela de los niños. Los niños podían permanecer en la cárcel con sus madres hasta los seis años. Las mujeres se embarazaban en sus visitas conyugales, que la cárcel permitía. Algunas también se embarazaban porque eran alquiladas como prostitutas por los guardias de los juzgados y tribunales. Los encuentros tenían lugar en los baños.

En la improvisada escuela del reclusorio había un póster de un árbol colgado en la pared. Si naces y creces en la cárcel, nunca has visto un árbol. También había tarjetas pegadas en un tablero con imágenes de un autobús, una flor y una calle. Había una tarjeta de la luna.

Carajo, volvió a decir Luna debajo de mí. ¿Tú te robaste mi lápiz labial?

Dije: por Dios, Luna, ¿quién va a querer tu pintalabios de presidiaria con todas tus babas de presidiaria?

El ruido debajo de mí cesó.

Ella no sabía que quien acababa de hablar por mi boca era mi madre.

Me bajé de la litera, me senté a la orilla de la cama de Luna y la vi maquillarse la cara.

Cuando acabó, puso su colorete y su rímel en una bolsa de plástico para sándwiches que metió debajo de la cama. Luego volteó, me tomó de la barbilla con la mano y me miró.

Pronto verás a tu mamá y empezarás a salir de aquí. Resiste estos días, Ladydi. No te caigas y te raspes las rodillas todavía, dijo.

¿Tú por qué estás aquí? No me has dicho. ¿Vas a salir pronto?

Ven al taller de collage. Es divertido. Todas vamos.

¿Quiénes?

Pues Aurora, Georgia y Violeta, y algunas más, claro. Ladydi, vamos.

Me puse mis chancletas y la seguí por el corredor.

En las mesas de trabajo de plástico había alteros de revistas, cartulinas, tijeras para kínder y botes de pegamento.

El maestro se presentó y me dijo que buscara en las revistas y recortara las imágenes que me servirían para la historia que quisiera contar. Se llamaba el señor Roma. Llevaba años impartiendo estos talleres en la cárcel. A muchas internas les gustaba tomar su clase porque hacían collages sobre su propia vida, pero también porque las cautivaba el señor Roma. Él era pintor. Tenía las manos salpicadas de óleo blanco. Tenía el pelo castaño claro, largo y rizado, en una coleta. Andaría por los cincuenta años.

Mientras el señor Roma me llevaba a una mesa de trabajo y me sacaba un banco, varias mujeres más entraron y se sentaron a las otras mesas. Todas vestían de azul. Algunas saludaron al maestro de mano y otras con un beso en la mejilla.

Luna caminó hasta un estante que tenía cartulinas apiladas en los entrepaños y sacó su collage. Lo agarró con los dientes y tomó unas tijeras y pegamento. Se sentó junto a mí. Se las ingenió para organizar todos sus materiales usando sólo su mano y los dientes.

Se hizo un silencio repentino en la clase cuando una reclusa pasó caminando hacia el patio sin sol. Yo no la había visto antes, pero sabía que estaba aquí. Todo México conocía su historia. Era una celebridad. Cuatro o cinco internas la rodeaban, protegiéndola. Su pelo era negro y muy ensortijado y se lo peinaba hacia arriba como una corona. Era alta y vestía de azul marino, pero noté que era terciopelo azul marino: rutilaba como una araña peluda. Tenía las muñecas cubiertas de pulseras de oro y traía anillos de oro en todos los dedos, hasta en los pulgares. La reclusa era Lourdes Rivas. La apodaban «la Enfermera». Era la esposa de uno de los políticos más importantes de México. La agarraron robando millones de dólares de la Cruz Roja, que ella dirigió por más de veinte años.

Toda la clase volteó a verla.

Yo recordaba haber oído de ella en las noticias. Alguien había calculado que, debido a su desfalco, no se habían comprado miles de ambulancias y cientos de clínicas no se habían construido. Tenía su casa en San Diego, California, y la habían filmado para un documental de televisión sobre la corrupción en México. Mi madre y yo lo habíamos visto. Habíamos visto incluso los lavabos de su baño, hechos de oro.

La vimos pasar con el pequeño ejército de reas a las que pagaba por mantenerla a salvo. Todo el mundo la odiaba. Todo el mundo la quería matar. Al parecer, todos los mexicanos tenían una anécdota acerca de una ambulancia que nunca llegó cuando fue requerida.

En la mesa, el collage de Luna yacía junto a mi cartulina vacía.

De las páginas de *Vogue, People, National Geographic* y revistas de telenovelas, Luna había recortado docenas de fotos de brazos y las había pegado por todo el collage. En medio de este mosaico de extremidades, había dos criaturitas con unos ojotes azules en pañales que parecían recortados de un anuncio de fórmula para lactantes. En el pecho con hoyuelos de las dos pequeñas, Luna había pegado trozos de papel rojo, cortados en forma de gotas, cayendo de los cuerpos a un charco de gotas recortadas. Eran como corazones de papel para el día de San Valentín.

¿Mataste a esas niñas?, pregunté. Quise taparme la boca y volverme a meter las palabras, pero era demasiado tarde. Las palabras estaban ahí, en el aire entre nosotras, y Luna se las tragó.

Sí. Las maté. Así: tris, tris, tris. Los niños son tan suaves. El cuchillo entra en ellos como si fueran pastel.

Respondió como si me estuviera dando una receta.

¿Eran tuyas?

Uy, sí, claro, respondió Luna. Mis dos pequeñitas.

¿Por qué?

Siempre tenían hambre, respondió. Siempre querían ir a los

columpios en el parque y yo no tenía tiempo para eso. De todas formas ya hay muchas niñas. La verdad, no necesitamos más.

Las internas empezaron a llegar para las clases. En otras áreas de la sala se daban clases de tejido y de computación.

Georgia y Violeta aparecieron y se sentaron en los bancos vacíos a mi lado. Georgia traía puesto un suéter azul limpio y nuevo. También unos tenis nuevos con calcetas gruesas y mullidas dobladas en el tobillo sobre la parte superior del zapato. Puso una gran caja roja de chocolates en la mesa y la abrió.

Buenos días, Princesa, dijo. Prueba un chocolate inglés.

Los chocolates parecían canicas cafés. Tomé uno y dejé que se me derritiera en la boca. El cremoso cacao con leche me cubrió los dientes y la lengua.

A Georgia le encantaba el taller de collage por las revistas de modas. Le recordaban el mundo de las pasarelas al que había pertenecido allá en Londres antes de que ella y el Zapatero, como a Violeta le gustaba llamar a su novio, rellenaran docenas de tacones de cuña y de plataforma con heroína.

Violeta se tomaba el taller muy en serio. Alineó el pegamento y las tijeras con meticuloso cuidado. Tenía que mover las cosas con las yemas de los pulgares para no romperse las uñas tan largas. Antes de empezar, prendió un cigarro y contempló su collage todo el tiempo que se tardó en fumarlo. Para el final de la clase se había fumado por lo menos treinta cigarros uno tras otro.

Con su voz rasposa me explicó su obra. Me contó la historia de su vida.

Aquí, dijo, señalando el extremo derecho de su collage, es el principio de mi vida. Mira. Ve. Era feliz.

En esa parte de la cartulina Violeta había pegado fotografías de rosas y dos gatitos de pelo amarillo y blanco jugando con una bola de estambre.

Luego mi mamá y mi papá se empezaron a pelear, dijo, y señaló un recorte de Brad Pitt que había usado como imagen de su padre.

Cuéntale cómo le pegaba, dijo Georgia.

Le pegaba horrible, dijo Violeta, y señaló la fotografía de una viejita en un anuncio de harina para pastel. Se siguieron peleando años y años.

Ahora viene lo triste, dijo Georgia. Saquen sus kleenex.

Luego conocí a un hombre, a un hombre malo, dijo Violeta. Señaló la imagen recortada del hombre Marlboro y su caballo. Me dio drogas.

En el espacio que había entre el hombre Marlboro y un fuego recortado, que parecía una foto de una explosión de gas, Violeta había pegado imágenes de jeringas y botellas de píldoras. Debajo de las drogas había colocado letras que formaban la palabra «prostituta».

Eso era yo, dijo.

Después de la palabra había recortado docenas de rostros de hombres, de anuncios de crema para rasurar y shampoo. Entre estos hombres desconocidos, distinguí el rostro de Pelé.

Si sigues la secuencia de mi collage, explicó Violeta, puedes ver claramente que después del incendio fue cuando maté a mi padre.

¡Bien hecho!, dijo Georgia sin apartar la vista de su revista *Marie Claire*.

¿Conoces a ese señor de ahí?, señalé la cara. Es una foto de Pelé, el mejor futbolista de todos los tiempos.

¿Estás segura?

Claro que estoy segura.

Georgia apartó los ojos de su revista y miró el collage. Sí, es él, coincidió. Es Pelé.

Bueno, ¿y qué?, terció Luna desde donde estaba sentada trabajando en el mundo de cartulina de su brazo perdido y sus hijas muertas.

Ponle otra pinche cara encima, y ya. ¿A quién chingados le importa?, dijo Georgia.

En ese momento Aurora llegó como un gato callejero que entra sigiloso y se te frota en la pierna. Se deslizó a un banco junto a Violeta, cruzó los brazos sobre la mesa de trabajo y apoyó la cabeza.

El señor Roma vino a nuestra mesa con las manos en los bolsillos y miró el collage de Violeta. Ya casi lo acabas, ¿verdad?, dijo.

Sólo le falta una parte.

Ah. ¿Qué es?

Usted sabe que soy honesta, maestro. Soy delincuente.

Todas dejaron de hacer lo que hacían y voltearon a ver a Violeta cuando dijo que era delincuente. Georgia bajó su revista. Luna levantó los ojos de su collage donde estaba aplicando pegamento fresco. Aurora no se movió, pero abrió los ojos y la miró directamente.

Usted sabe que soy delincuente, repitió Violeta. Cuando salga de aquí sólo tengo una meta, un gusto que me voy a dar. Me lo quiero comer a usted de la cabeza a los pies. Lo quiero en mi cama, en mis brazos, oliendo su esencia profunda y deliciosa, o, en otras palabras, quiero acostarme con usted.

Volteamos de Violeta al señor Roma a ver qué iba a decir.

Sí, Violeta, dijo.

Es en serio. Voy a ir a tocar a su puerta.

Lo sé.

Supuse que habría oído eso cientos de veces.

Señor Roma, dijo Violeta, usted huele a hombre, a hombre de verdad.

Aunque Luna me había puesto enfrente una cartulina en blanco sobre la mesa de trabajo, yo no podía ponerme a hacer un collage. No podía tomar esas tijeras sin punta. De sólo verlas sentía que estaba de regreso en el kínder.

Mejor me puse a hojear una revista *National Geographic*. Abrí las páginas al azar y encontré un artículo acerca de los manatíes. Había cinco imágenes de manatíes amamantando a sus crías. Los animales marinos parecían sonreír al abrazar con sus aletas a sus crías.

Yo no necesito hacer un collage para hablar de mi vida, dijo Georgia. Sé que ese cabrón mujeriego está en un bar con no sé quién, probablemente con una esposa, oyendo a Adele, mientras yo estoy aquí. Sé que está comiendo pastel de cerdo.

Violeta volteó a ver a Georgia y dijo: eso, sigue pensando en el Zapatero. Vuélvete loca.

A lo mejor ya hasta tiene hijos. Ya pasaron tres años y nunca me ha contestado una carta, ni una sola de todas las que le he enviado. ¿Qué te parece, Princesa?, me preguntó directamente.

¿Ladydi qué va a saber?, dijo Violeta. ¿Por qué rayos le preguntas a ella?

Él era mi amor. Si fuera a hacer un collage, nomás le pegaría a él todas las cartas que se me han devuelto, dijo Georgia. El collage se podría llamar «Devolver al remitente».

Todas nos quedamos en silencio un minuto.

Violeta posó su mano sobre la de Georgia.

A su lado, Aurora se movió y estiró los brazos.

No estés triste, dijo Aurora.

Y allí fue cuando vi la parte interna de su brazo, tendido en la mesa entre tijeras, pegamento y revistas como si fuera un pedazo de madera a la deriva, pálida, casi blanca. Su piel lucía tan desmejorada que pude verle claramente las venas azules, como si estuvieran sobre la piel y no dentro de ella.

Hay símbolos que no necesitan palabras, como la cruz, o la esvástica, o la letra Z, o la calavera con huesos cruzados que está en la etiqueta de cualquier botella de raticida.

El símbolo en la parte interna del brazo izquierdo de Aurora era un círculo, con un punto en medio, hecho con la brasa ardiente de un cigarro: círculo, bolita, círculo rosa.

Cuando vi ese símbolo, vi a Paula sentada bajo un árbol, en la tierra, con insectos trepando por todo su cuerpo. Paula había descruzado su brazo y lo había extendido ante mí para enseñarme las redondas quemaduras de cigarro en los rincones de su piel.

Alguien, una mujer, alguien, lo decidió hace mucho, mucho tiempo y ahora todas lo hacemos, había explicado Paula. Si nos encuentran muertas en algún lado todos sabrán que éramos robadas. Es nuestra marca. Las quemaduras de cigarro en la parte interna del brazo izquierdo son un mensaje.

Estiré la mano hasta el otro lado de la mesa de trabajo, entre los botes de pegamento, pinceles y pequeños alteros de revistas, y tomé el brazo de Aurora. Agarré su muñeca y la giré aún más para poder ver las marcas claramente. Su brazo era un mapa.

Aurora levantó sus amarillentos ojos y me miró de frente. Su cara era tan triste que se me ocurrió que nunca había sonreído. La piel de su cara nunca se había arrugado de dicha.

Con su voz asmática y sin aliento, dañada y ronca por los gases de la fumigación, preguntó: ¿de veras eres Ladydi? ¿Eres la amiga de Paula?

Dijo las palabras con cuidado como si no quisiera romperlas con los dientes.

Fue este ciempiés humano quien me contó la historia de mi vida.

Todas las que estaban a la mesa escucharon a Aurora hablar con voz sibilante, como una brisa que nos cayera encima.

En la mesa de collage, en la sala recreativa de un reclusorio, Luna, Georgia y Violeta supieron de Paula, Estéfani y María. De pronto mi vida se había convertido en una espoleta. Aurora había unido las dos partes. Ella era la juntura.

En esa cárcel de cemento, Luna, Georgia y Violeta vieron mi montaña y oyeron cómo de mi gente nació la muchacha más hermosa de México. Se enteraron de la cirugía del labio leporino de María y del salón de belleza de Ruth y su posterior desaparición. Cuando Aurora les contó que Ruth era una bebé de la basura, estremeció a un grupo de mujeres criminales que no se podían estremecer.

¡Dios mío!, exclamó Luna. ¿Quién deja a su bebé a que muera solita en un basurero?

Aurora contó la historia de cómo nos tiznábamos la cara y nos cortábamos el pelo para no vernos atractivas y cómo nos escondíamos en hoyos si oíamos venir a los narcos. Aurora describió el día que llegamos a un plantío de amapola y vimos el helicóptero del ejército derribado. Entre jadeos y tragando saliva, también contó del día que Paula llegó empapada de Paraquat y tuvimos que enjuagarla con agua del excusado. Aurora les contó que Mike tenía una iguana de mascota amarrada con un cordón que lo seguía a todas partes hasta que su madre la usó para hacer sopa.

Eso no fue muy amable, dijo Georgia.

La sopa de iguana es afrodisíaca, dijo Aurora.

¿Quién chingados es Mike?, preguntó Violeta.

El hermano de María, explicó Aurora.

Si yo hubiera sido tu madre, me dijo Georgia, habría salido corriendo de esa montaña en cuanto Ruth desapareció. ¿Qué estaba esperando tu mamá?

No, dijo Violeta, yo me hubiera ido en cuanto tu papá se fue a Estados Unidos y tuvo otra familia allá. Les echó la tierra encima. Las enterró. Has de tener un montón de hermanitos y hermanitas que hablan inglés y viven en Nueva York.

Aurora dijo: no. No. No. La mamá de Ladydi nunca iba a dejar esa montaña porque su sueño y su esperanza era que su marido regresara. Ésa era su gran esperanza y, si se iban de la casa, pues nunca las encontraría.

Miré a Aurora y creí estar viendo un espejo. Se sabía mi vida mejor que yo.

Y déjenme que les cuente otra cosa, dijo Aurora. María es media hermana de Ladydi.

¡Ay, por favor!, dijo Violeta. ¡No me digas eso! Violeta aventó su pincelito de plástico para el pegamento y se paró de un salto de su banco. Sus largas uñas amarillas destellaron en el aire como avispones. Ay, no, no, no. ¡No! ¡No me digas que tu papá se cogió a la mamá de María!

Georgia azotó su revista en la mesa de trabajo. ¡Qué cabrón!

Tu pobre mamá, dijo Luna. Lo hubiera matado. Yo sí lo hubiera matado.

Georgia palmeó la mano de Luna desde el otro lado de la mesa. Eso ya lo sabemos, Luna, dijo Georgia. No lo tienes ni que decir. Matar es tu solución para todo.

La mamá de Ladydi nunca hubiera hecho eso. ¡Habría sido como matar a Frank Sinatra!

Paula había contado nuestra historia a la perfección.

Aurora jadeaba y resollaba. Hablar tanto la había agotado. Mantener su cuerpo erguido requería mucho esfuerzo. Reclinó la cabeza en el brazo. Su frágil pulso palpitaba en sus delgadas muñecas y en las sienes.

Violeta fue quien paró a Aurora para que ya no siguiera hablando. Dijo: ya estuvo bien, Aurora. Mañana nos acabas de contar.

Violeta puso el pincel para pegamento en un frasco con agua. Se levantó y cerró su mano como garra alrededor de la correa de la bombona de fumigación y se la echó al hombro. Luego, sosteniendo un cigarro prendido entre los dientes, cargó a Aurora en sus brazos como una novia o un bebé y se la llevó. Violeta parecía un ave de presa con un conejo en sus garras. Me pregunté si aquella bombona, y la propia Aurora para el caso, serían inflamables tan cerca del cigarro encendido de Violeta.

¿Sabes cómo mató Violeta a su papá, Princesa?, me preguntó Georgia.

Negué con la cabeza.

¿No le contaste, Atrapa?, dijo Georgia.

No me preguntó.

En la cárcel, si no preguntas no te cuentan, Princesa.

A lo mejor no quiere saber, dijo Luna. No todas quieren saber.

¡Ay, por favor! ¡Todas quieren saber sobre un asesinato! Puso su revista en el montón en medio de la mesa. Hora de llamar a Escocia, dijo, y se fue caminando por el mismo corredor que había tomado Violeta con Aurora en brazos hacía unos momentos.

Georgia llamaba a su padre a Edimburgo todas las tardes. Era su única hija. Georgia no veía a su madre desde que era niña. Su madre los abandonó y se largó con un amante. El padre se había gastado casi todo su dinero en ayudar a Georgia a que tuviera todo lo necesario en la cárcel. Hasta había hipotecado su casita para pagarle los abogados, que estaban tratando de hacer que la extraditaran al Reino Unido. Georgia juraba que no sabía que los zapatos estaban llenos de heroína, pero nadie la creía.

¿Qué tal esa traición?, dijo Luna.

¿Crees que sea verdad?, pregunté.

Claro que es verdad. Sí. Yo tengo una regla de oro. Siempre creo a una mujer antes que a un hombre.

En la cárcel todas odiaban al novio de Georgia.

Más le vale no aparecerse por esta cárcel, dijo Luna.

Lo cierto es que sólo había un hombre que era adorado en la cárcel y ése era el padre de Georgia. Se había convertido en leyenda. No había una sola hija en esa prisión que fuera amada por su padre, ni una. Todas las presidiarias esperaban que el padre de Georgia lograra juntar dinero para venir a México a visitarla. Las mujeres querían conocerlo y hasta había un proyecto de hacer un fondo para traer a México al padre de Georgia. Violeta se había tatuado su nombre en el brazo. Era azul y bajaba verticalmente como la columna de un crucigrama: «Tom».

Georgia tenía ropa nueva, zapatos, sábanas y cobijas y artículos de baño porque su padre le mandaba paquetes y dinero cada semana. Su celda estaba llena de dulces británicos. Georgia compartía los chocolates Cadbury y las cajas rojas de Maltesers con todas.

Cuando Georgia se fue a llamar a su padre, la sala se enfrió de pronto y oímos truenos. Un aire frío sopló por los corredores de ventanas sin vidrio.

El señor Roma guardó sus materiales en un casillero de metal al fondo de la sala. Luna se levantó y dejó su collage, junto con otras cartulinas, en una mesa al fondo. Yo apilé las revistas.

El maestro se despidió de Luna, y cuando se despidió de mí me dio un beso en la mejilla. Bienvenida al taller, dijo. Espero que regreses.

Olía a cerveza.

No me limpié su beso con la manga.

Cuando Luna y yo caminábamos lentamente de regreso a nuestra celda, la saliva húmeda de hombre se secó en mi mejilla. Sentí su recuerdo en mi cara por horas como si su beso me hubiera dejado una marca. Que un hombre te bese en una cárcel de mujeres es un regalo mejor que cualquier sorpresa de Navidad o de cumpleaños. Es mejor que un ramo de rosas. Es mejor que un baño caliente. Podía imaginarme vivir años en esta cárcel y vivir por cada día de taller y ese beso de hombre en mi mejilla. Ese beso era la lluvia, el sol y el dulce aire del exterior. Sí. Supe que hasta me sentaría allí a pegar estupideces en cartulinas con tal de recibir ese beso otra vez.

Más noche, cuando estaba acostada arriba de Luna en nuestra litera de cemento, empezó a platicarme cosas en la oscuridad. La primera noche pensé que hablaba conmigo por ser amable, pero ahora me daba cuenta de que tenía que hablar para llenar esa oscuridad. Su plática me relajó y me dio sueño.

Luna dijo: ¿puedes creer que haya sólo veintisiete letras para decirlo todo? Sólo hay veintisiete letras para hablar del amor y los celos y de Dios.

Sí.

¿Te has dado cuenta de que las palabras del día no son las mismas palabras de la noche?, preguntó Luna.

Sí.

En la oscuridad podía oír los grandes camiones y autobuses

que pasaban junto a la cárcel. Los ecos del exterior sólo se oían temprano en la mañana y tarde en la noche.

Si llevas aquí dos años, ¿por qué no te han sentenciado ni extraditado?, pregunté.

Princesa, nunca he llamado a un abogado, ni a la embajada de Guatemala ni a mi familia. Creo que ya todos se olvidaron de que estoy aquí.

Seguro que te extrañan.

No. Quizá te preguntes cómo puede ser que el mundo se olvide de un ser humano, pero sucede todo el tiempo.

¿Pero la gente de aquí de la cárcel no se pregunta qué ocurre?

Suponen que en eso estoy. Nadie se podría imaginar que prefiero estar aquí que en ninguna otra parte, pero así es.

¿Te quieres quedar aquí?

A algunas les gusta más estar adentro que afuera, dijo Luna. Éste es el mejor lugar en el que he estado. En mi pueblo el gobierno masacró a todos.

¿En Guatemala?

Perdí a casi toda mi familia en sólo dos años. Caminaba por ahí pensando que una bala fría iba a atravesar mi cuerpo en cualquier momento. Una bala fría.

El viento, que había empezado como una brisa en el taller de collage, iba arreciando y ahora el aire frío entraba al edificio en fuertes ráfagas.

Pensé que en Estados Unidos iba a estar mejor. Había oído de todo, dijo Luna.

Hay quienes dicen que no hay nada peor.

He oído de gente que le da tanta sed que se corta los brazos para chuparse la sangre. En el desierto. Arizona. He visto las cortadas de un hombre que trató de cruzar pero lo regresaron. Si tienes suerte, un guardia fronterizo te dispara como a un lobo. Si te secuestra un cártel, como los Zetas, entonces vas a dar a la tierra de los migrantes muertos, un lugar especial de muerte, sin acta de nacimiento ni lápida, y no hay nada peor que eso. Cuando Luna mencionó al guardia fronterizo sólo pude pensar en Julio. La plegaria que podía traerlo de vuelta a mi vida no existía.

Las primeras gotas de lluvia pegaron fuerte en el techo y el aire olía a una mezcla de agua y cemento.

Mi papá está en Estados Unidos, dije.

Imagínate que lo último que ves antes de morirte es una pistola disparándote. Imagínate que ésa es la última imagen que te llevas contigo al cielo. ¿Crees que importa qué es lo último que ves?

Mi papá está en Nueva York, dije.

Escucha, de ninguna manera quiero que me entierren en un cementerio con todos esos muertos. Quiero que me cremen. ¿Y tú?

Tengo frío.

Sí, hace frío.

Tengo que conseguir unas cobijas pronto o me voy a enfermar.

Puedes bajarte aquí y dormir conmigo, ofreció Luna. No me molesta.

Me levanté y bajé de la litera. Luna me abrió las cobijas.

Métete, dijo.

Nos acurrucamos juntas y el calor de su cuerpo entró a mi piel.

Ya, ya, dijo y me abrazó con su brazo. Sentí el fantasma de su brazo faltante alrededor de mí. Luna agarró las cobijas con los dientes y nos las subió hasta el cuello.

Yo ya había conocido la misericordia de los alacranes. Ahora conocía la misericordia de una asesina.

23

La celda de Aurora olía al veneno de la fumigación. Era más grande que la mía, pues tenía dos literas y cuatro mujeres vivían en ella. También tenía un excusado, un lavabo y una pequeña regadera, todos en fila al fondo de la celda.

Aurora no recibía ayuda del exterior. Tenía que aceptar los trabajos que nadie más quería. Había sido la fumigadora de la cárcel desde que la sentenciaron hacía más de un año.

En la celda no había nadie más que Aurora. Estaba acostada en una de las literas de abajo. Me hizo señas de que entrara.

Me senté en la orilla de su cama y ella se quedó acostada bajo las cobijas. Sobre la cama, amontonadas contra la pared, había docenas de bolsas de plástico de supermercado y dos bombonas de fumigación y sus mangueras. Aurora siguió mi mirada.

No hay donde guardar nada, dijo. Todas tenemos que poner nuestras cosas en la cama.

Las bolsas de plástico de Aurora estaban llenas de ropa y objetos que las internas le habían dado. En la cárcel había una superstición: si te llevabas tus cosas contigo, ibas a regresar. Aurora era una chacharera que aceptaba todo.

Cuando te vayas, no se te olvide darme tus cosas, dijo.

No tengo nada, respondí.

Ah, pero ya tendrás, ya tendrás.

En una de las bolsas de plástico que era transparente pude ver un surtido de cucharas y cepillos para el pelo.

Más temprano esa mañana, Luna me había contado que a nadie le gustaba compartir celda con Aurora por el olor de sus bombonas de fumigación y porque acaparaba todo. Luna me dijo que sus compañeras de celda salían del cuarto en cuanto podían y se iban al patio o a la sala grande donde todas se reunían para las clases y las comidas. Eso significaba que Aurora tenía la celda para ella sola todo el día. Dormía la mayor parte del tiempo.

Georgia llamaba a Aurora la Bella Durmiente, dijo Luna. Duerme porque prefiere los sueños, no porque esté cansada. Aurora destapa la bombona de fumigación y huele el veneno, continuó Luna. Aspira los gases hasta lo profundo de su cuerpo y eso le da sueño. Es su pócima para dormir.

Sentada en la cama de Aurora, el olor era abrumador. El tufo había penetrado su cama, sus pertenencias, su ropa y su piel. Ningún insecto se le iba a acercar jamás.

¿Tienes una aspirina?, preguntó Aurora.

En esa celda atiborrada de cosas y llena de gases venenosos, me enteré de que Aurora había conocido a Paula en el rancho del McClane.

El día que llegó Paula era la fiesta de quince años de la hija del McClane, dijo Aurora. Yo estaba en una carpa con las demás mujeres robadas. A la mayoría las habían agarrado cuando trataban de cruzar la frontera a Estados Unidos. Un montón de hombres nos vigilaban. Yo ya era mayor de edad. Era la tercera vez que me vendían. Paula dijo que venía de las afueras de Acapulco. Qué hermosa era.

Afirmé con la cabeza. Sí, muy hermosa.

Pensé en nuestro fiero pedazo de tierra, que alguna vez fue una comunidad de verdad, pero la arruinó el mundo criminal de los narcotraficantes y la inmigración a Estados Unidos. Nuestro fiero pedazo de tierra era una constelación quebrada y cada casita era ceniza.

Aurora batallaba por respirar. Se alzó sobre sus codos pero permaneció bajo las cobijas. Yo estaba al filo de la cama, pues había tantas bolsas y cosas alrededor de ella que no quedaba espacio. La cama de Aurora era un basurero.

Un hombre que era hijo de un capo importantísimo de Tijuana me llevó, aclaró Aurora. Por eso yo no vivía en el rancho del McClane, pero seguido íbamos a verlo y a sus fiestas. A veces yo iba a Matamoros o ellos iban a Tijuana. Así que no veía a Paula muy seguido, pero sí la veía. Me acuerdo que una vez fui al rancho del McClane a un cumpleaños y ella tenía en el brazo un tatuaje que decía «La morra del caníbal». Nunca había visto ese tatuaje. Claro que otro de los apodos del McClane era el Caníbal. Le decían así porque siempre estaba haciendo bromas de comerse a la gente, sobre todo a las mujeres.

¿De veras comía gente?

Decía cosas como: estás tan bonita, que me quiero comer tu brazo. Te voy a echar tantita sal y me voy a hacer unos taquitos contigo. Cosas así. Todas sabíamos que cuando nos entregábamos a estos hombres era como lavar los platos o sacar la basura.

¿Qué quieres decir?

Era como ser un mingitorio.

Aurora tosió y alcanzó una botella de plástico llena de agua y le dio un gran trago. Cuando acabó, me ofreció la botella. Yo no quería, porque ella se veía tan enferma, pero le di un traguito. Sabía que estaba bebiendo su saliva.

El tatuaje de Paula era algo nuevo, continuó Aurora. Me sorprendió que se lo hubiera mandado hacer, aunque quizá no tuvo de otra.

Sí, tenía ese tatuaje, dije. Y quemaduras de cigarro.

A esos hombres les encantaban los salones donde les hacían tatuajes y siempre iban a uno en Tijuana. El McClane tenía la Santa Muerte tatuada en la espalda y la Virgen de Guadalupe en el pecho. Nunca volví a ver a Paula y nunca me despedí de ella.

Logró regresar a su casa. Nadie se lo esperaba.

Corrían rumores de que había logrado escapar. Decían que una noche nomás se fue caminando del rancho y caminó y caminó y ya nunca regresó. Pensamos que quizá él la había matado. Una nunca sabe. Esperábamos que no hubiera tratado de cruzar a Estados Unidos porque seguro se la hubieran robado otra vez.

¿A ti qué te pasó?, pregunté cuando Aurora se volvió a recostar en su cama. No tenía almohada, así que estaba completamente horizontal.

Yo saqué el veneno para ratas de debajo del fregadero y lo revolví con el café.

Los ojos de Aurora eran tan pálidos que me hicieron pensar en el color azul claro de las aguamalas muertas en la playa de Acapulco.

¿De dónde eres?, pregunté.

Aurora era de Baja California. Había crecido en el pueblo de

San Ignacio. Su padre era guía de turistas, llevaba a grupos en su lancha a ver las grandes ballenas grises de California.

Mira esto, dijo Aurora.

Sacó una cartulina que estaba sepultada bajo su altero de bolsas de basura. Era un collage de una playa con una ballena en la superficie del agua y varias estrellas de mar y conchas recortadas de revistas y pegadas al cartoncillo café.

Las estrellas de mar las recorté de papel negro, dijo. ¡Ninguna revista en esta cárcel tenía una foto de una estrella de mar!

Me gusta, dije. Está bonito. Me recuerda las playas a las afueras de Acapulco. Aunque nunca he visto una ballena.

Tienes que entender, la primera vez que me raptaron tenía apenas doce años, continuó Aurora. Era sólo un pececito, de esos que vuelves a echar al océano porque son muy chicos para comérselos. ¡No debieron hacer eso! Yo era la única chica de ojos claros en el pueblo.

Sus ojos eran como el vidrio de las lanchas con fondo de vidrio.

En el rancho nadie lo podía creer. Quién iba a pensar que Aurora, la más dulce y obediente de todas, pudiera hacer una cosa así, pero lo hice.

Yo podía ver en los ojos de Aurora hacia dentro de su cuerpo de arena café claro y de conchas.

Maté a cinco hombres. ¡No se te hace chingón! Se habían reunido en el rancho para una junta. Agonizaron durante dos días en un hospital de Tijuana. La policía vino y me arrestó cuando los médicos dictaminaron que los hombres habían sido envenenados. Hicieron unas pruebas con las tazas de café y dieron positivo para veneno. ¡Y eso que las lavé una y otra vez con detergente Ajax!

Todo el mundo sabía que yo preparaba el café para las juntas de las ratas. Todos sabían que había una botella de veneno para ratas debajo del fregadero de la cocina de las ratas. A las ratas hay que envenenarlas, ¿no?

Aurora se puso a hurgar en una de sus bolsas de plástico de supermercado. Desanudó una bolsa llena de botones y muchas limas de uñas amarradas con una liga. De ahí también sacó un pequeño altero de recortes de periódico viejos.

Toma. Lee esto, si no me crees. ¡Hasta salió en los periódicos!

Leí el artículo y luego le devolví el recorte y lo volvió a poner con los demás.

Estaba orgullosa de haber matado a esos hombres. Había sido su acto de justicia.

Herví agua. Le eché café. Lo dejé reposar.

Sí.

Puse las tazas en una charola con una azucarera. Podía oír a los hombres hablando en el comedor. Revolví los asientos de café en la olla.

Sí.

Aurora hizo una pausa e intentó respirar. Parecía que sólo podía exhalar. Trató de tomar aire no sólo con los pulmones sino con todo su cuerpo, jadeando, pero no tuvo mucho éxito.

¿Cómo lo hiciste?

Me llevó sólo un minuto. Fue fácil. Saqué la botella de raticida de debajo del fregadero. La vacié en el café. Fue tan fácil. Como echarle azúcar o Coffee-mate.

Estiré la mano para tomar su brazo. La superficie de su piel se sentía áspera como si siguiera cubierta de arena de la playa. Miré el paisaje marino de sus ojos y vi las ballenas y los delfines.

Por favor, platícame más de Paula y del McClane, dije.

Aurora me contó que el McClane no sólo tenía ranchos por todo el norte, sino también negocios y propiedades en el estado de Guerrero.

Por tus rumbos, dijo Aurora. A mí no me consta, pero otras mujeres me contaron que tenía una mansión en la salida de Acapulco, donde una Navidad construyó el Polo Norte y hasta trajo renos de verdad en un avión.

Sí, respondí, oí hablar de eso.

¿Sabías que el McClane quería tanto a su caballo que lo enterró en un ataúd en un cementerio como si fuera una persona?

No, eso no lo sabía.

Dicen que quiere que lo entierren en su coche.

Los cementerios están llenos de hombres enterrados en sus coches. He oído hablar de eso.

Vi a Aurora darle otro traguito a su botella de agua. ¿Cómo logró regresar Paula?, preguntó Aurora. ¿Tú la viste?

Aurora volvió a apoyar su cabeza en el colchón.

¿Te contó del rancho del McClane?, preguntó Aurora.

La mamá de Paula le empezó a dar un biberón y hasta papillas Gerber, dije.

Aurora escuchó y bostezó. Sus ojos se cerraron y se abrieron varias veces. Luego se volteó sobre su costado y se quedó dormida.

La miré. Con la cara tranquila, en reposo, sin batallar por respirar, pude ver que había sido hermosa. Alguien que valía la pena robarse. Hoy era como un perro desnutrido perdido en la carretera.

Me acurruqué al pie de la cama entre las bolsas de plástico y las bombonas de fumigación y también me dormí.

Por primera vez en la cárcel tuve un sueño. Sabía que los gases venenosos lo habían provocado. Soñé a Julio. Estábamos acostados en el pasto, juntos, en el jardín de la casa de mármol en Acapulco. Acostados de lado, mirándonos uno al otro. Yo podía ver dentro de su cuerpo. Bajo su piel veía las estrellas y la luna y sabía que había nacido del espacio.

El ruido que hizo Aurora al toser durante el sueño me despertó. La luz del cuarto era escasa y me di cuenta de que llevaba varias horas ahí dormida. Era como si estar con alguien que conocía a Paula, que sabía algo de mi vida, me hubiera tranquilizado para poder dormir. Aurora me había transportado a mi casa.

Al abrir los ojos, vi la silueta de una persona en la cama de enfrente de Aurora. Era Violeta.

Me senté.

Ella estaba desnuda y traía el pelo envuelto en una toalla. Pude ver unas gotas de agua escurrirle por detrás de la oreja. En el piso había un rastro de agua desde la pequeña regadera hasta su cama.

En su litera, contra la pared, tenía muchos animales de peluche. Entre el montón distinguí un panda, una jirafa y por lo menos cuatro ositos. Era todo un zoológico.

Su cuerpo estaba cubierto de tatuajes. Bajando por el costado del brazo que daba hacia mí podía ver la palabra «Tom». Alrededor de la muñeca del mismo brazo tenía tatuadas unas pulseras que parecían de alambre de púas.

Estaba sentada con las piernas cruzadas con otra toalla extendida en la cama frente a ella. Encima de la toalla tenía varios frascos de tinta. Podía ver el rojo y el verde. También tenía varias jeringas y agujas largas esparcidas sobre la tela.

Violeta me miró.

Buenos días, dijo.

¿Todavía es de día?

Oye, ¿no quieres un tatuaje? Aquí todas traen tatuaje. Tengo todo lo necesario. Te puedo marcar.

Cuando Violeta habló, Aurora se agitó y despertó.

No. Aún no, pero gracias. ¡Si salgo de aquí con un tatuaje, mi mamá me mata!

Violeta, déjala en paz, dijo Aurora.

¿Alguien te ha dicho, Princesa, que la gente allá afuera te llora exactamente tres días y luego se olvida de que existes?, dijo Violeta.

Se estiró hacia mí y me pellizcó la piel del brazo. Tomó mi piel entre sus dedos y le dio vuelta como si fuera una llave en la cerradura.

¡Basta! ¡Me duele!

¿Por qué?, preguntó y me soltó el brazo. ¿Por qué la gente buena siempre cree que tiene la razón? ¿Eh?

¿Qué dije?

Aquí no somos de la gente que pone la otra mejilla, dijo.

Luna apareció en la puerta. Traía en la mano un suéter grueso color beige. Lo tendió hacia mí.

Te conseguí esto. Es tuyo. Una de nosotras hoy salió libre y me dijo que me lo podía quedar. Toma, póntelo. Te mantendrá caliente, dijo Luna.

Ni siquiera lo pensé. La cárcel era tan fría que podía sentir que mi cuerpo se iba convirtiendo en cemento mojado. Me levanté, tomé el suéter y metí la cabeza. Olía al cuerpo de otra mujer. Era como el olor de arroz hirviendo en la estufa.

Déjenme dormir, dijo Aurora. Por favor.

Violeta miró a Luna y luego otra vez a mí. Aquí dormimos dos en cada cama, una para cada lado, porque es mejor dormir con los pies de alguien en la boca que con su apestosa cara y mal aliento de presidiaria.

Sí, dijo Luna. Ya sabemos.

A ustedes dos les toca su propia cama. ¡No es justo!

Basta, dijo Aurora. ¿De cuándo acá vas por el mundo buscando justicia?

Vámonos. Vente, dijo Luna.

Un tatuaje te hará sentir bien, me gritó Violeta cuando nos alejábamos. Piénsalo. No cobro caro.

Cuando regresaba a mi celda con Luna a mi lado pensé que este día ya casi terminaba. Mi ser entero se estiraba hacia el domingo, el día de visita. Sólo un día más y vería a mi madre. Me imaginé que ella ya estaría en algún hotelucho cerca del reclusorio. Podía sentirlo.

¡Esa Violeta! Es una glotona, dijo Luna. Cuando come pollo siente amor. Cuando come filete siente felicidad. La he visto comerse un pastel entero.

¿Por qué mató a todos esos hombres?, pregunté.

Por su misma glotonería, dice Luna. Ya la descifré. Matar era como comer.

Mientras caminamos, le cuento a Luna mi sueño. Le digo que el universo estaba dentro de Julio.

Tienes que darle gracias a Dios por resolver tu destino en ese sueño y darle gracias por Su advertencia, dijo Luna. Hace mucho tiempo le prometí a Dios que haría caso a todos y cada uno de Sus mensajes.

¿Qué crees que significa?, pregunté.

Es tan obvio.

¿O sea?

Significa que quieres ver retroceder las manecillas del reloj. Cuando el tiempo retrocede todos somos iguales.

No creo. Eso no es lo que significa.

¿Entonces qué?

Creo que lo sé. Cuando esté segura te lo digo.

Cuando me encaramé a mi cama esa noche encontré una fotografía de la princesa Diana con un vestido de gala negro y una tiara en la cabeza que alguien había arrancado de una revista y pegado en mi pared con cinta adhesiva. La verdadera belleza de la princesa muerta al lado de mi cuerpo en la cárcel, vestida de pants beige gastados, me hizo sentir fea y sucia. Arranqué la foto de la pared y la hice bolita en mi mano. La tinta negra de su vestido de gala me manchó los dedos.

24

A la mañana siguiente Luna y yo salimos al patio exterior y nos sentamos en un tramo soleado. Casi todas en el patio andaban buscando un rayo de sol para calentar sus cuerpos. La larga sombra que arrojaba la cárcel de hombres cubría la mayor parte del espacio abierto.

Hacia las once el patio estaba lleno de mujeres alineadas en grupos hablando mientras que junto al muro sur había empezado un partido de fútbol. Pude ver el pelo amarillo de Georgia corriendo tras el balón y a Violeta parada fuera del terreno de juego viendo el partido. Luna compró una taza de café para las dos a una mujer que vendía café y pan dulce de una canasta.

Luna quería ver el partido y yo no. Así que caminé tranquilamente hasta una banca y me senté mientras que ella se fue al otro lado del patio y se puso a un lado de Violeta.

Bebí a sorbos el café tibio, y después de unos momentos vi a Aurora salir del edificio de la cárcel al patio. Entrecerró los ojos y se sobresaltó como si la luz le lastimara la vista.

Le hice señas de que viniera a sentarse conmigo. Avanzó lentamente, de puntitas, como si estuviera caminando en cámara lenta o haciendo la mímica de lo que es caminar. Traía la bombona de fumigación en la espalda y la cargaba como si fuera un caparazón de tortuga.

Se sentó junto a mí y estaba descalza. Por eso caminaba así, los pies le dolían con el cemento helado. Se sentó conmigo y le di lo que quedaba del café.

Toma, te lo puedes acabar, dije.

Su mano pálida y seca envolvió el vaso de unicel dejando al descubierto sus marcas de quemaduras de cigarro en la parte interna de su brazo. En la luz del patio las cicatrices redondas parecían lunas de madreperla.

¿Y tus zapatos?

Siempre me están robando mis cosas. Esta mañana desaparecieron.

Sus pies se veían tiesos y azules. Yo seguía usando mis chancletas de plástico. Si tuviera zapatos, ¿se los daría? Sabía que probablemente no. En sólo unos días la cárcel me había cambiado. Pensé en lo que Violeta había dicho antes, que la gente de afuera se olvida de ti en tres días.

Le quité la bombona de la espalda a Aurora y la senté en la banca de cara a mí. Puse sus pies en mi regazo y los cubrí con mi suéter.

Ahora las dos necesitamos zapatos, dije.

Lo cierto es que ahora que veía a Aurora, después de todo lo que me había contado de Paula, era como si ella fuera un camino que salía de la cárcel, atravesara las calles de la Ciudad de México y tomara la negra carretera hasta mi casa.

Aurora apuró lo que quedaba del café, dejó el vaso en el piso y luego tomó mi mano. Aunque era mayor que yo, parecía una niña. Su mano era pequeña como la de una niña de siete años. Me aferré a ella como si fuera a ayudarla a cruzar la calle.

Siguió hablando como si nuestra conversación del día anterior no se hubiera visto interrumpida por su súbito sueño por agotamiento. El sueño del veneno.

No podíamos creer que Paula se hubiera escapado, dijo Aurora. Él la encontraría. Ella lo sabía. Tarde o temprano la encontraría. Ella lo sabía.

No creo que la haya encontrado, respondí. Paula y su madre desaparecieron. Se fueron. Están escondidas en alguna parte. Nadie sabe dónde.

Aurora sacó su mano de la mía y se abrazó el vientre como si le doliera.

Tú no entiendes, dijo.

¿Qué?

Me duele el estómago. Me duele la cabeza.

¿Aquí hay doctor?

Sólo los lunes. No quiero verlo. Qué tal si ya no me deja fumigar, ¿y entonces cómo voy a ganar dinero?

Te está haciendo daño.

Me hace soñar y dormir. Pero es que tú no entiendes, volvió a decir. Ladydi, tú no entiendes.

¿Qué?

Aurora se mecía de acá para allá agarrándose el estómago. Sus ojos se rodaron hacia atrás y quedaron en blanco.

Escucha, susurró.

Escucha, volvió a susurrar. Cuando mataste al McClane, ¿por qué mataste a la niñita de Paula? ¿Por qué?

Disculpa. No entiendo. ¿Qué?

Cuando mataste al McClane, cuando mataste a Juan Rey Ramos, pues. ¿Qué estabas pensando? Cuando mataste al McClane, ¿por qué mataste también a la niñita de Paula? ¿Por qué?

Las palabras que dijo quedaron quietas en el aire como si se cocinaran con el veneno que ella inhalaba y exhalaba de sus pulmones. Sentí como si pudiera estirar la mano y atrapar las palabras suspendidas en el aire y quebrarlas entre mis manos como hojas secas. Podía probar el veneno en mi boca.

Cuando mataste al McClane, ¿por qué mataste también a la niñita de Paula? ¿Por qué?

Yo había visto los vestidos secándose en el maguey. Me había imaginado los bracitos angostos como palos de una niña saliendo de las mangas. Ya casi estaban secos, y se alzaban y restallaban con el calor. En el suelo junto al maguey había una cubeta y una escoba de juguete.

Cuando mataste al McClane, ¿por qué mataste también a la niñita de Paula? ¿Por qué?

La sangre podía oler a rosas.

Cuando mataste al McClane, ¿por qué mataste también a la niñita de Paula? ¿Por qué?

Cerré los ojos y le recé a la radio. Le recé a la canción que tocaban en la radio, la canción que había oído una y otra vez en Acapulco. La oí cuando limpiaba la casa. La oí en la playa. La oí en la lancha con fondo de vidrio. La oí. La oí. Oí el narcocorrido dedicado a Juan Rey Ramos:

Hasta muerto sigue siendo el más chingón,
   hasta muerto sigue siendo el más chingón.
El arma que lo mató a su niña también quebró.
   De la mano por la carretera,
verás sus almas en pena, blancas como la cera.
   Mano a mano por la carretera.
No malgastes saliva, y guarda tus rezos a Dios.
   Por la hija asesinada, por la muerte del chingón,
cantamos esta canción.

25

El domingo en la mañana la mayoría de las internas despertaba temprano y se preparaba para el día de visitas. Las mujeres se pintaban las uñas, se arreglaban el pelo en chongos o trenzas o se lo alaciaban tras dejarse tubos grandes toda la noche. Hasta las reclusas que nunca recibían visita se arreglaban, por si acaso.

Lo que todos sabían era que la fila afuera del reclusorio femenil era corta. La fila de visitantes a la cárcel de hombres era larga y se extendía por la calle una distancia de por lo menos diez cuadras. Les podía tomar horas lograr entrar finalmente a ver a los hombres.

Luna fue quien me había contado.

Y con eso una ya no necesita saber nada más de nada, dijo. Nadie visita a las mujeres. Todo el mundo visita a los hombres. ¿Qué más hay que saber del mundo?

Las reglas del reclusorio de mujeres eran que primero las visitas eran llevadas al patio y media hora después dejaban salir a las internas.

A las once nos formamos en el corredor que conducía al patio. Yo estaba apretujada entre Luna y Georgia en fila india. Georgia mascaba una enorme bola de chicle, y yo podía oír cómo lo tronaba al moverlo por su boca.

¿Tienes más?, pregunté.

No me había lavado los dientes desde que llegué.

Georgia sacó un chicle rosa del bolsillo de sus pantalones de mezclilla y me lo dio.

Gracias.

Aférrate a tus plegarias, dijo, todas las religiones habidas y por haber vienen aquí los domingos y se las quieren robar.

Afuera, el patio se había transformado completamente. Parecía una feria. Toda la gente andaba vestida de rojos y amarillos. Las visitas tenían prohibido vestir de azul o beige para que no las fueran a confundir accidentalmente con una interna.

El espacio estaba lleno de gente con canastas de comida y regalos envueltos en papel de colores brillantes. De un lado había cuatro monjas de hábito blanco sentadas en una banca. Había muchos niños corriendo por todos lados. Me imaginé que en cualquier momento iba a aparecer un globero o un vendedor de algodón de azúcar.

Distinguiendo entre las internas de colores apagados y las visitas de colores vivos, busqué a mi madre.

No la vi.

No había venido.

Y luego vi a mi padre caminando hacia mí.

Caminé hacia él entre las hojas de la selva.

Las iguanas se apartaron corriendo mientras avancé bajo los papayos y rompí las telarañas que encontraba al paso.

Pude oler azahares en los árboles que me rodeaban.

No era mi padre.

María abrió los brazos y, al abrirlos, pude ver la espantosa cicatriz redonda en su brazo y el pedazo de carne faltante que le había dejado el disparo de mi madre. También vi la tenue cicatriz que en su labio superior le había dejado la cirugía de su labio leporino.

Entré a su abrazo. Me besó la mejilla.

Por primera vez en la vida, pensé: gracias, papi. Gracias, papi. Gracias por andar de cabrón y darme a María.

Tomé a María de la mano y la llevé a un costado del patio, lejos de todos. Las bancas estaban ocupadas así que nos sentamos en el piso de cemento con la espalda apoyada en el muro que nos dividía del reclusorio masculino.

Podía ver a Luna sentada con las monjas. Georgia y Violeta hablaban con una mujer de traje sastre gris. No veía a Aurora por ningún lado.

Por lo menos aquí estás segura, dijo María.

Me contó que su madre había muerto. María se escondió en el hoyo en la tierra y oyó a un grupo de hombres disparar sus ametralladoras contra su casa y contra el cuerpo de su madre.

Me salvó el hoyo. Imagínate, dijo María. Ese hoyo salvó a alguien.

A mí también me salvó una vez.

Los árboles y el pasto se cubrieron de su sangre, continuó María. Sabía que si volteaba hacia lo alto, el cielo iba a estar cubierto de su sangre. Sé que la luna está cubierta de su sangre. Lo estará siempre.

Le acaricié el pelo con movimientos largos desde la coronilla hasta el cuello. María temblaba.

No me atreví a salir del hoyo en días, dijo. Volteaba a ver el cielo desde el hoyo y veía los zopilotes.

Sí.

Podía oír a las hormigas moverse.

Sí.

Después de cuatro días, tenía tanta sed que no podía llorar.

Sí, lo sé.

Estaba tan sola.

Sí.

Oí a un hombre decir: da gracias que te vamos a matar. Podría ser peor.

Sí.

Mi mamá sabía que yo estaba metida en el hoyo. Mátenme, dijo.

Sí, sígueme contando. Cuéntame más, dije.

Estuve días metida en ese hoyo. Cuando levantaba la vista, el cielo se cubría de sangre.

¿Y luego qué hiciste?

Me fui corriendo a casa de tu mamá. ¿Adónde más podía ir? ¿Adónde más podía ir? Ella me cuidó y me dejó dormir en tu cama.

Con mi brazo cobijé a María.

Qué frío es el suelo aquí, dijo.

Sí, en este lugar hasta el sol es frío.

Seguíamos ahí sentadas en el cemento, en el poco sol que había, cuando del cielo empezó a caer cristal. Polvo de vidrio empezó a caer de las estrellas.

Todos en el patio voltearon a ver las nubes.

Hubo silencio.

Seguían cayendo copos y los niños estiraron las manos para atrapar el polvo. El cristal resplandecía. El suelo y todas las superficies se cubrieron con nieve de vidrio.

El volcán Popocatépetl había soltado su nube de ceniza sobre nuestra prisión.

26

Una guardia de alto rango salió al patio y les anunció a las visitas que se tenían que ir y a las internas que nos teníamos que meter. La ceniza volcánica está llena de astillas microscópicas que te pueden cortar los pulmones y los ojos.

María y yo nos pusimos de pie. Nuestro pelo negro se había puesto blanco grisáceo por la ceniza.

¿Sabías que Paula había tenido una bebé? Era del McClane.

No.

Mike mató a la hija de Paula. Yo iba con él ese día. Y mató al McClane.

María se tapó la boca con la mano. Era un gesto que siempre hacía para ocultar su labio leporino. Aun después de la cirugía siguió ocultando su cara partida.

Nos van a encontrar, dijo tras la reja de sus dedos.

Su cuerpo empezó a estremecerse.

Yo estaba sentada en el automóvil de Mike, dije. No sabía. Yo no entré.

¿Viste a la niña?

Vi sus vestidos. ¿Dónde está mi mamá?

Está aquí. Ya hizo todo el papeleo. Todavía no tienes dieciocho años. No te pueden tener aquí.

Voy a ir a la correccional de menores un año y luego me van a regresar para acá. Ya me enteré de todo. Así funciona esto, María.

Mañana sales. Ella no quiso ver a su bebita en la cárcel como un pájaro de la selva, o un perico silvestre, en una jaula. Eso dijo. Esas palabras.

¿Dónde está?

En el hotel. Me dijo que te dijera que el amor no es un sentimiento. Es un sacrificio.

Sí.

Mañana nos vemos.

Sí.

Quédate en la sombra. No te metas en problemas. Camina en las sombras.

Adiós.

Toma una barra de jabón.

¿Me puedes dar algo?

¿Qué?

Dame tus aretes.

María traía un par de aretes con perlas de plástico. No me preguntó para qué, lo cual me agradó. Siempre había sido así. Nunca preguntaba por qué. María daba por hecho que tú sabías tu cuento.

Se quitó los aretes y los soltó en mi mano.

Hasta mañana, dijo.

La vi caminar entre la multitud de ladronas y asesinas hasta la salida.

Caminaba en la nieve de vidrio.

Esa noche le di los aretes a Luna.

Gracias, dijo Luna. No trates de encontrarle ton ni son, me entiendes, de comprender, nada de lo que te pasó aquí.

27

Los dioses se enojaron más de lo que creímos, afirmó mi madre.

Fue lo primero que me dijo. No esperó respuesta.

Afuera de la cárcel caminé por un paisaje sin árboles ni flores. Era un terraplén de vestiduras desechadas como si la tierra se hubiera vuelto tela. Caminé entre la ropa beige y azul que las internas se habían quitado del cuerpo y habían dejado tirada en la calle.

La ceniza volcánica aún cubría casi todas las superficies y nuestros pasos dejaban huellas en el polvo de vidrio.

Mi madre me pasó un suéter rojo. Arrojé al suelo la sudadera gastada que me había dado Luna, y la prenda se volvió parte del edredón de retazos azules y beige.

Afuera del estacionamiento de la cárcel mi madre tenía un taxi esperándonos. Adentro estaba María. Nos subimos en los asientos de atrás, junto a ella. Yo me senté en medio. María me abrazó.

A la terminal de autobuses del Sur, le dijo mi madre al taxista.

Quítate esas chanclas, me dijo a mí.

Sacó un par de tenis de su bolsa y se agachó para quitarme las sandalias como si yo fuera una niñita. Luego arrojó las chancletas por la ventana como si fueran el envoltorio de un dulce.

¿Adónde vamos, mamá?

Voy a lavar todos los platos de los Estados Unidos, dijo mi madre.

No vamos a esperar, dijo María. Al rato tienes una junta con los de Servicios Sociales y seguro te van a meter a la correccional de menores.

En cuanto cumplas dieciocho, te van a regresar a esa jaula de pajarracas presas, dijo mi madre.

Pensé en las palabras de Luna sobre los inmigrantes que van a Estados Unidos. Podía vernos a mi madre, María y a mí cruzando el río a nado.

¡Chingado, acuérdense de *La novicia rebelde*!, dijo mi madre. Así va a ser.

Sí, dijo María.

Nos vamos a ir a Estados Unidos y yo voy a lavar platos. Voy a lavar todos los platos, toda la sangre de filete y el betún de pastel. Tú vas a ser niñera de una familia. Tú y María pueden ser niñeras. Y nunca le diremos a nadie de dónde somos.

Sí, dijo María.

¿Sabes por qué?

¿Por qué?, pregunté.

No le vamos a decir a nadie de dónde somos. Es fácil, dijo mi madre. Es fácil porque nadie nos va a preguntar.

Mamá, dije, tengo algo para ti. Me robé algo para ti.

Abrí la mano y me quité el anillo de diamante y se lo di. Lo miró sin decir palabra. Se lo puso en el dedo.

Has hecho que adore mi mano, dijo.

Es precioso, dijo María.

Alguien echó una red sobre este país y caímos en ella, dijo mi madre.

Mientras avanzábamos por las calles de la ciudad, entre el tráfico y el humo de diesel de los camiones, vi a mi madre contemplar el anillo y acariciar el diamante con el dedo.

Por la avenida los barrenderos, con pañuelos cubriéndoles la boca, estaban limpiando la ceniza. La echaban en grandes bolsas de basura negras, que se amontonaban como formaciones rocosas en cada esquina.

Tengo algo que decirles, dije. En este taxi somos cinco.

Señalé mi panza.

Aquí dentro hay un bebé, dije.

Mi madre no parpadeó ni respiró ni se movió y luego me besó la mejilla. María me besó la otra.

Me besaron, pero no me besaron a mí.

Ya estaban besando a mi bebé.

Mi madre dijo: nomás reza para que sea niño.

Agradecimientos

Ladydi se escribió gracias a la Beca de Ficción del National Endowment for the Arts (NEA) de Estados Unidos y con el apoyo del Sistema Nacional de Creadores de Arte del FONCA, México.